무한에 다가가는 법

무한에 다가가는 법

초판 1쇄 인쇄_ 2021년 02월 15일 | **초판 1쇄 발행_** 2021년 02월 18일
지은이_수학는 뇌(김세희, 이민서, 서민우, 정라윤, 김진하, 박정용, 박건) | **엮은이_**우진아·김규리
펴낸이_진성옥 외 1인 | **펴낸곳_**꿈과희망
디자인·편집_윤영화
주소_서울시 용산구 한강대로 76길 11-12 5층 501호
전화_02)2681-2832 | **팩스_**02)943-0935 | **출판등록_**제2016-000036호
E-mail_ jinsungok@empal.com
ISBN_979-11-6186-103-6 43810

무한에 다가가는 법

수학하는 뇌(김세희, 이민서, 서민우,
정라윤, 김진하, 박정용, 박건) 지음

우진아 · 김규리 엮음

꿈과희망

마침내 책으로 묶였군요! 매천고등학교 아이들이 수학책 쓰기를 한다는 소식을 오래 전 듣고 설마 했는데 이렇게 책이 되어 나온 것을 보니 제 일처럼 기쁩니다.

수학이라고 하면 건조한 수식과 공식과 기계적인 문제 풀이만 떠올리기 쉽습니다. 편견이죠. 이런 편견에 사로잡히면 수학은 세계를 보는 방식이며 수학의 개념에도 서사가 있다는 사실을 놓치게 됩니다. 사실 수학은 깊고 말끔하게 생각하려는 오랜 숙고의 결과이고 그래서 아름답고 강력한 힘을 갖고 있습니다. 편견에 빠지면 이런 면을 볼 수 없는데요, 수학 독서 활동은 이런 편견을 털어내고 수학의 가치를 제대로 이해하는 아주 좋은 방법입니다. 그런 독서 활동에도 여러 등급이 있겠죠. 저는 그 중 최고 등급은 글쓰기라고 생각합니다. 글쓰기를 통해 읽은 것을 다시 들여다보고 거듭 생각하고 자료를 찾고 채워 넣거나 빼고 질문을 던지면서 자기만의 이야기로 재구성하기 때문입니다.

그러나 말이 쉽지 이런 일련의 '독서' 과정은 상당히 고통스러울 것 같습니다. 수동적으로 읽는 게 아니라 과정마다 능동적으로 생각을 해야 하니까요. 게다가 여러 사람이 공동으로 한 편의 글을 완성한다는 것은 그 나름의 고통이 추가되죠. 고등학생들이 저자들이니까 더욱 그랬을 것 같습니다. 책을 쓰기는 커녕 읽을 여유도 부족하니까요. 그런데 우진아 선생님과 김규리 선생님은 아이들을 모으고 지도하고 독려하면서 산을 넘고 강을 건너 마침내 책으로 엮어내셨습니다. 두 분 자신도 책쓰기라는 일이 낯설 텐데도 말입니다. 두 분이 고민하고 씨름했을 시간을 생각하니 뭉클합니다.

고맙게도 저는 이 과정을 지켜볼 수 있었습니다. 초고를 받아 읽었고 글쓰기 강의를 했고 수정본을 읽었고 조언을 했고 최종 편집 회의에도 참여해서 아이들과 이야기를 나누었습니다. 처음부터 저는 알았습니다. 제가 아주 운이 좋다는 것 말입니다. 살아 있는 교육의 현장을 보았거든요. 또한 아이들의 글이 낳고 자라는 과정을 보았구요. 더 좋은 글을 쓰기 위해 노력하면 글이 얼마나 좋아질 수 있는지 보았습니다. 문단 하나를 어떻게 다듬으면 좋은지 고민하는 아이, 삽화 하나의 저작권 문제까지 고민하는 아이, 수정할 때마다 글이 쑥쑥 좋아지는 아이도 보았습니다.

글 전체로 봐서도 그랬어요. 책의 주제였던 '무한'은 어려운 개념입니다. 이해했나 싶으면 아닌 것 같고 모르는 것 같은데 끌리고 참

이상한 개념이죠. '무한' 개념을 수학에서 다룰 때는 더욱 그렇습니다. 그래서 처음에는 구성이 다소 산만했고 저자들이 헤매는 게 역력했습니다. 그런데 다듬어갈수록 흐름이 잡혀가고 모양이 갖춰졌습니다. 마치 생명체들이 탄생할 때는 단순하고 비슷해 보이다가 커가면서 자기 개성을 갖추고 튼튼해지듯이 말입니다. 그렇게 해서 이 책에 '무한'이라는 나무가 여러 가지를 펼치고 당당히 서 있습니다.

'내 인생의 첫 번째 저술'을 이루어낸 매천고 학생 여러분, 진심으로 축하합니다. 아이들을 앞에서 끌고 뒤에서 밀어 '내 인생의 첫 번째 저술'의 경험을 아이들에게 안겨주신 두 분 선생님들, 축하합니다. 이런 소중한 여정에 함께 할 수 있어서 영광이었습니다. 이 책을 펼친 독자 여러분, 이 책이 제시한 '무한'이라는 나무도 보시고 그 씨앗을 심고 가꾼 아이들과 선생님들의 열정도 함께 체험하시기를 기원합니다.

〈수학의 감각〉 저자 박병하

매천고 학생 7명과 두 분의 젊은 수학선생님이 '일'을 내셨다. 수
학하는 뇌 동아리가 '무한에 다가가는 법'이라는 책을 출판했다. 코
로나19로 인해 학교 교육활동에 많은 어려움이 있음에도 '수학하는
뇌' 동아리를 만들고 몇 달간 잦은 모임을 갖고 이리 저리 활동하시
더니 그 결과물이 만들어진 것이다. 한없이 커지는 상태를 수학에서
는 '무한'이라고 한다고 한다. 우리 학생들이 사람과 사물을 보는 시
각과 미래를 보는 생각들이 '무한'이 되기를 바라본다. 끝으로 한 편
의 글을 쓰기 위해 수많은 고민과 수학적 사고를 거쳤을 학생들과 이
들을 멋지게 이끌어 주신 두 분 선생님께 깊은 감사의 마음을 전한다.

매천고 교감 전경희

'무한'이란 단어에서 오는 그 무게감과 깊이는 이루 말할 수가 없다. 이를 수학적으로 표현하고 사고하는 것은 지난 수학사에서 알 수 있었듯 유한한 인간이 감히 사고하기 힘들다. 이를 가르치고 배움에 당연한 듯 따라오는 인지적 장애, 오류투성이가 될 수밖에 없다. 이 어려운 출발에 매천고 '수학하는 뇌'가 있다. 아이들이 무한을 어찌 받아들이고 연구해 왔는지 고스란히 느낄 수 있었다. 다양한 분야에서 무한을 찾고, 이를 무한과 연결해 나가는 과정에서 수학적으로 성장했을 아이들이 그려진다. 그 치열한 과정을 거쳤을 아이들과 지도 선생님께 이런 멋진 결과물을 내준 것에 감사를 표한다.

와룡고 수학교사 이효선

이번이 세 번째 수학책쓰기 활동임에도 불구하고 여전히 사람들에게 수학책쓰기는 낯설고 무엇을 하는 것인지 감이 잡히지 않는 모양입니다. 수학책쓰기 동아리 '수학하는 뇌'를 처음 소개하면 대부분의 사람들은 한번 더 묻습니다. '고등학교에서 수학책쓰기를 한다고?'라고 말입니다.

시간이 지날수록 저는 수학이 더 좋아집니다. 수학은 세상을 보는 하나의 언어이자 눈이며 제가 더 합리적인 사람이 될 수 있도록 만들기 때문입니다. 그런데 수학교사인 제가 학생들에게 수학으로 세상을

"말하고 듣고 볼 수 있도록"

하고 있는지는 의구심이 듭니다. 수학책쓰기를 통해 학생들이 수학이 세상의 소중한 언어이고 눈이라는 것을 알 수 있었으면 좋겠습니다.

그래서 사람들이 '고등학교에서 수학책쓰기를 하시는군요.'라며 수학으로 말하고 듣고 보려면 쓰기가 필요하다는 것을 당연하게 반응하는 날이 온다면 더할 나위 없이 기쁠 것 같습니다.

매천고등학교 '수학하는 뇌' 동아리 매천고등학교 1학년 학생 7명과 2학년 학생 3명, 총 10명으로 구성된 수학책쓰기 동아리입니다. 출판에 참여한 학생은 그중 7명의 학생으로 대부분 고등학교 1학년 학생입니다. 이번 책은 무한을 주제로 하고 있음에도 불구하고 '무한'을 정규 교육과정에서 배운 적이 없는 고등학교 1학년 학생이 대부분입니다. 사실 '무한'은 아이부터 어른에 이르기까지 매력적으로 느끼는 수학의 주제이지만 그 누구도 완벽하게 이해하고 있다고 말하기 어려운 것이 사실입니다.

그럼에도 불구하고 학생들은 자신들이 쓰고 싶은 주제를 '무한'으로 정했습니다. 매력적인 무한에 다가가고 싶어하는 학생들을 보면서 제가 나아가야 할 수학 교육의 방향을 알게 된 한 해였습니다.

2020년 코로나19로 인하여 7월에서야 처음 학생들을 만날 수 있었습니다. 출판이 되는 건 '기적'이라는 단어 말곤 설명할 길이 없습니다.

학생들은 목차로 예측하기를 통해 〈넘버스(EBS제작팀)〉와 〈수학의 감각(박병하)〉을 끌리는 책으로 선정하였습니다. 〈넘버스(EBS제작팀)〉팀과 〈수학의 감각(박병하)〉팀은 모둠을 만들어 10분 읽기-3분 쓰기 3회를 거쳐 10분 책 수다를 나누었습니다. '읽고-쓰고-생각하고-나누고'를 거치면서 직교좌표와 무한에 대한 마인드맵을 그렸습니다. 이러한 활동을 하면서 자신이 쓰고 싶은 수학책의 개요와 내용을 정하였습니다.

10월에는 수학자이자 〈수학의 감각〉의 작가인 박병하 박사의 〈작문을 통한 수학의 이해와 수학 독서〉 강의를 통해 우리의 가능성을 발견하기도 했습니다. 그렇게 '무한'에 대해 탐구가 시작되었습니다. 하지만 학생들은 책을 쓰면서

"샘 저 출판 안 할래요."
"진짜 그만할래?"

부끄럽지만 우리가 가장 많이 했던 말입니다.

2015년부터 수학책쓰기 동아리를 운영해 온 저이지만 올해만큼 출판으로 가는 길이 험난했던 적이 없었던 것 같습니다. 처음 수학책 쓰기를 시작할 땐 수학을 에세이나 소설의 소재로 사용했습니다. 수학을 소재로 소설이나 에세이를 쓰고 출판을 하면서 소중한 경험을 했습니다. 학생들은 자신이 정한 주제를 자유롭게 쓰고 수학적 표현

을 가미하는 정도였기 때문에 수학과 쓰기 중 쓰기에 좀 더 치우쳐진 활동을 그동안 했습니다. 그런 소중한 과정으로 '수학적으로 사고하는 과정을 기록하는 것은 무엇일까?', '학생들이 자신만의 수학적 언어를 만들고 표현할 수 없을까?'를 다시 고민하게 되었습니다. 수학과 쓰기가 따로 떨어져 있는 것이 아니라 수학쓰기를 해본 한 해였기에 학생들도 저도 더 험난하고 힘겨웠습니다.

'수학선생님은 진짜 극한직업이라며 선생님의 노력을 알아주던 민우', '밤 11시, 새벽 1시를 가리지 않고 가장 먼저 파일을 올려주던 세희', '선생님이 덧붙인 말과 내용을 빼곡이 메모해 놓고 하나도 빠뜨리지 않던 민서', '엄마한테 자랑하고 싶어서 포기하지도 못하겠다던 라윤', '무한을 발견하기 위해 열심히 인터넷을 뒤지던 진하', '새벽 4시에 일어나 글을 고쳤다던 정용', '꼬박 3시간을 교무실에 앉아서 글을 고치면서도 도망가지 않던 건', '논문과 책을 건네며 한 명 한 명 아이를 찾아 다닌 김규리선생님' 덕분에 무한에 다가갈 수 있었습니다.

1학기에는 제가, 2학기에는 김규리 선생님이 수학책쓰기 동아리를 운영하면서 한 사람은 수업의 진행을 또 한 사람은 보조를 맡았습니다. 수업이 끝나면 함께 앉아 1시간이 넘도록 고민하고 계열짓기를 해 나간 시간이 없었다면 이 책은 세상에 나올 수 없었으리라 생각합니다.

올해 처음으로 수학책쓰기 동아리를 함께 운영해 준 김규리 선생님께 이 자리를 빌어 고마움을 전합니다.

    마지막으로 표지 및 삽화 디자인을 도와준 매천고등학교 1학년 박다영, 권나영, 박주현, 김아름, 김명지 학생에게도 감사드립니다.

2021년 1월

우진아

서문
———

    우진아 선생님이 학년 초 책쓰기 동아리를 해보자 제안했을 때, "네 해봐요."라고 말할 수 있었던 것은 아무것도 몰랐기에 낼 수 있었던 용기였다는 생각을 줄곧 했던 한 해였습니다. 생각지도 못한 비대면 수업으로 인해 학생들과 소통하기 힘들어 어떻게 해야 할지 몰라 책 쓰기를 포기하고 싶을 때가 더 많았으니까요. 그래서 이렇게 책이 나왔다는 건 기적이라고 말해야 할 것 같다는 생각이 듭니다. 짧은 시간 동안 한 권의 책을 만들어내기 위해 고생한 우진아 선생님과 학생들에게 고마움을 전합니다.

2021년 1월
김규리

차례

갈릴레오와 칸토어의 접점

김세희

1600년대   1800년대

나는 무한과 관련된 가장 대표적인 수학자인 갈릴레오 갈릴레이
와 게오르크 칸토어에 관해 이야기하고 싶어. 이 두 수학자는 각자
무한에 대해 어떤 의견을 펼쳤고, 어떻게 무한을 주장한 건지 말이
야. 이들이 말한 무한은 무한개의 원소로 이루어진 하나의 완결된 집
합으로 파악할 때, 이 무한 집합을 '셀 수 있다'라고 여기는 개념이
야. 무한 집합은 셀 수 있을까? 너는 어떻게 생각하니? 나는 조금 헷
갈렸어. 무한 집합의 원소를 셀 수 있다는 건지, 아니면 무한 집합의
크기를 비교할 수 있다는 건지 모르겠더라고. 그래서 나는 그냥 무한
집합이어도 크기 비교는 가능할 거 같다고 생각을 했어. 그렇다면 갈
릴레오와 칸토어는 무한에 대해 어떤 생각을 했을까?

갈릴레오(Galileo Galilei, 1564~1642)와 칸토어(Georg Cantor, 1845~1918)의

접점을 묻는다면 답할 수 있는 사람이 얼마나 있을까? 16세기 이탈리아의 철학자이자 물리학자이며 천문학자인 갈릴레오 갈릴레이와 19세기 러시아에서 태어난 독일의 수학자인 게오르크 칸토어의 접점 말이야. 나도 처음에 갈릴레오와 칸토어의 접점이 있긴 한 것인지 의문이 들었었어.

내게는 과학자로 익숙한 사람이 무한에 대해서도 자신의 의견을 펼쳤다는 사실이 너무 놀라웠어. 바로 갈릴레오 말이야. 나는 그가 과학계에서만 활약을 펼친 줄로만 알았는데, 찾아보니 과학계뿐만 아니라 수학계에서도 열심히 노력한 인물이었더라고. 하긴, 과거에는 수학자이면서도 철학자이고, 과학자이면서도 예술가인 사람들이 많았으니 갈릴레오도 그런 사람 중 한 명이지 않았을까?

내게 갈릴레오가 익숙한 사람이었던 반면 칸토어는 처음 들어보는 사람이었어. 현대 수학의 기반이 되는 기초적인 집합론을 창시한 사람인데, 왜 우리는 칸토어에 대해 많이 들어보지 못한 걸까? 고민해 봤는데, 아무래도 고등학교 1학년 때 집합을 배우면서 잠깐 배우다 보니 무한 집합은 많이 들어보지 못한 거 같아. 우리 반 친구들에게 무한 집합과 관련된 수학자로 칸토어에 대해 아느냐고 물으면 답을 할 수 있는 친구가 얼마나 있을지 궁금해지네.

갈릴레오의 연구는 현재 우리 일상에 많은 도움이 되고 있고, 칸토어의 집합론 또한 우리가 사는 정보화시대에 매우 큰 도움이 되고 있어. 그저 무한개의 원소를 가진 집합이 우리 일상에 매우 큰 도움이 된다는 사실이 놀랍지 않니? 그래서 나는 무한 집합에 대한 두 사람의 주장을 얘기해 보고, 비교해 볼 생각이야.

우선 갈릴레오와 칸토어에 관해 이야기를 써 보려고 내용을 정리하다가 문득 이런 생각이 들었어.

'만약 이 두 사람이 동시대의 인물이었다면 어땠을까?'

갈릴레오와 칸토어는 약 2세기의 차이를 두고 살았는데, 비슷하지만 다른 결론을 가진 주장을 펼친 두 사람이 동시대의 사람이었다면 어떤 일이 펼쳐졌을까? 이에 대해 생각해 보려면, 일단 두 사람이 어떤 주장을 펼쳤는지 알아봐야겠지? 지금부터 천천히 얘기해 볼게.

갈릴레오 갈릴레이의 마지막 저서인 「새로운 두 과학에 대한 논의와 수학적 논증」

갈릴레오가 처음 무한에 대해 자신의 의견을 꺼낸 것은 그의 마지막 저서인 「새로운 두 과학에 대한 논의와 수학적 논증(이하 새로운 두 과학)」에서야. 이 저서에는 세 인물인 살비아티, 사그레도, 심플리치오가 등장해. 심플리치오는 당시 학계 정설이었던 아리스토텔레스의 물리학을 대변하며, 사그레도는 교양 있는 일반 시민을 상징하지. 그리고 갈릴레오는 '동료 학자'로 등장해. 이 책은 나흘 동안 진행되는 토론 형식을 통해 갈릴레오의 무한에 대한 생각을 대변하는 듯해.

저서 속 [첫째 날 토론]에서는 물체의 응집력의 근원이 무엇인가라는 문제에서 출발하여, [둘째 날 토론]에서는 물체의 응집력, 즉 강도가 물체의 길이와 두께에 따라 어떻게 달라지는가 하는 문제를 다뤄. [셋째 날 토론]과 [넷째 날 토론]에서는 물체의 운동에 관한 이야기를 다루는데 이 나흘 중 [첫째 날 토론]에서 '무한'의 개념을 갈릴레오가 들고 나와.

"온갖 멋진 결과들로 가득 차 있는 이 새로운 학문의 세계로 통하는 문이 역사상 처음으로 활짝 열렸으니, 앞으로 많은 사람이 이것을 주목하고, 여기에 매달릴 걸세."

나는 이 문장에서 말하는 새로운 학문의 세계로 통하는 문을 무한이라고 봐. 수 세기 동안 두려워했던 존재인 무한에 대해 갈릴레오가 깊이 있게 질문을 던지고 의견을 주장하며 무한에 한 발짝 더 다가가는 계기를 만들어 냈다고 생각하기 때문이야. 그는 세 사람의 대화를 통해 무한에 대해 고민을 해보고 완전제곱수의 개수를 세고자 했지.

어떻게 완전제곱수를 셀 수 있었을까? 우리가 세는 수는 일, 십, 백, 천, 만… 끝도 없이 이어지잖아. 그렇다면 이 끝없는 수들의 제곱수들도 끝도 없이 이어지지 않나? 이렇게 끝이 없는 수들의 개수를 셀 수 있을까?

> 살비아티: 얼마나 많은 완전제곱수가 있는지 묻는다면, 사람들은 당연히 자연수에 대응하는 만큼 많이 있다고 대답하겠지요?
> 심플리치오: 정확히 그렇지요.
>
> $\vdots$
>
> (전략)
>
> $\vdots$
>
> 살비아티: 그런데 100까지의 수 중 제곱수는 10개 있으니, 제곱수는 전체 수의 $\frac{1}{10}$ 입니다. 만까지의 수 중에는 $\frac{1}{100}$, 백만까지의 수 중에는 $\frac{1}{1000}$, … 이므로 제곱 수의 비율은 큰 수로 넘어갈수록 줄어들지 않나요?

갈릴레오는 이를 해결하기 위해 일대일대응을 사용했어. 아마 고등학교 1학년인 학생들이라면 일대일대응이 뭔지 알고 있을 거야. 간단히 예를 들어볼게. 유치원이나 초등학교 시절에 선생님들께서 자주 하시던 말이 기억나니? "옆의 짝과 손잡고 이동할게요." 짝수

이건 홀수이건 항상 짝꿍과 손잡고 걸어갔잖아. 지금 생각해 보면 이런 모습이 일대일대응이라고 느껴져. 남거나 중복되는 사람 없이 한 사람이 한 사람과 짝을 이루는 거 말이야!

이렇게 한 사람이 두 사람과 손잡지도 않고, 반드시 한 사람과 손을 잡는 것을 일대일대응이라고 해. 그렇다면 갈릴레오는 이러한 일대일대응을 이용해서 어떻게 완전제곱수의 수를 세려고 했을까.

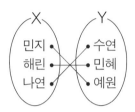

완전제곱수의 집합 $S=\{1, 4, 9, 16, 25, 36, \cdots\}$와 자연수의 집합 $N=\{1, 2, 3, 4, 5, 6, \cdots\}$을 생각해 보자. S의 원소를 s라고 하고 N의 원소를 n이라고 할게. s는 n의 완전제곱수니까 $s=n^2$이라는 식이 나오게 돼. $s=n^2$이라는 식에서 N의 원소인 n을 대응하면 일대일 대응하므로 '개수가 같아야' 해.

$$n = 1, \ 2, \ 3, \ 4, \ 5, \ 6, \ 7, \ \cdots$$
$$n^2 = 1, \ 4, \ 9, \ 16, \ 25, \ 36, \ 49, \ \cdots$$

이 과정을 통해 자연수만큼 많은 완전제곱수가 존재한다는 결론을 내릴 수 있어. 하지만 모든 완전제곱수는 자연수이며 모든 완전제곱수의 집합은 자연수 집합의 진부분집합이야.

$$\{ 1, 4, 9, 16 \cdots \} \subset \{ 1, 2, 3, 4 \cdots \}$$

어떤 집합 A의 모든 원소가 다른 집합 B의 원소일 때 집합 A를 집합 B의 부분집합이라고 한다. 부분집합 중 자기 자신을 제외한 부분집합을 진부분집합이라고 하거든.

그런데 부분에 해당하는 완전제곱수의 집합이 전체에 해당하는 자연수의 집합과 원소의 개수가 같다는 주장은 유클리드가 제시한 '전체는 부분보다 크다'를 정면으로 위배하는 것처럼 보여.

분명히 모든 완전제곱수는 이미 자연수와 일대일대응되었어. 따라서 완전제곱수의 개수는 셌다고 여겨지는 한편 완전제곱수가 아닌 자연수가 따로 존재해. 이러한 모순적인 상황 속에서 갈릴레오는 새로운 두 과학 속 세 사람 중 한 명인 살비아티의 입을 통해 다음과 같이 결론 내려.

"모든 수 전체는 무한하고, 제곱수도 무한하고, 제곱수의 근도 무한하며, 제곱수가 모든 수 전체보다 적지 않고, 모든 수 전체가 제곱수보다 많지 않네."
"결국, '같다', '더 많다', '더 적다' 같은 술어는 무한에 적용할 수 없고, 유한에만 적용할 수 있다는 결론이 나오지."

갈릴레오는 집합의 크기 비교를 할 수 없다는 결론을 내렸어. 유한 집합의 크기는 비교할 수 있어도 무한 집합의 크기는 비교할 수 없다는 걸까? 무한 집합을 셀 수는 있지만 크기 비교는 할 수 없다는 결론이 신기하기도 하지만 많은 의문들을 불러일으켰어.

그렇다면 갈릴레오와 비슷하지만 다른 주장을 펼친 칸토어는 어땠을까? 다른 결론이라면, 혹시 내 의문을 해결해 주지 않을까? 하는 생각이 들어.

오랜 세월 금기시된 개념이었던 무한이었기에 갈릴레오의 주장은 많은 사람이 역설이라 여겼어. 하지만 무한은 비교할 수 없다는 갈릴레오의 의견을 반박하여 무한에서도 비교할 수 있다는 주장을 한 수학자가 바로 칸토어야. 갈릴레오 사후 약 200년 정도 흐른 뒤에 칸토어가 이 갈릴레오 역설을 바탕으로 무한을 수학적 개념으로 정립하는 데 성공해 낸 거지.

칸토어가 살아가던 시기인 19세기엔 미적분학과 해석학의 발전으로 수학은 점점 기존의 직관과 상식에서 벗어나게 되었다고 해. 그러면서 많은 문제점이 생겼지. 특히나 무한의 개념을 엄밀하게 다룰 필요성이 있었다고 하는데, 칸토어는 집합론을 내세우며 무한을 수학적 개념으로 정립하는 데에 성공하게 돼.

칸토어가 무한을 논리적으로 명확하게 규정하고, 계산 방법을 형식화하자 그 이후부터 현재까지 칸토어가 주장한 무한을 지지하는 입장이 우세해지고 있어.

그가 내세운 집합론은 갈릴레오처럼 일대일대응을 적극적으로 받아들였어. 갈릴레오도 일대일대응을 사용했고, 칸토어도 일대일대응을 사용했는데, 갈릴레오와 칸토어의 차이는 과연 무엇이었을까.

바로 무한 집합끼리도 크기가 다를 수 있다고 주장을 펼친 거야!

갈릴레오처럼 일대일대응의 개념을 적극적으로 받아들여 집합론을 전개하는데 성공했다는데, 그것만으로는 갈릴레오와 다를 게 없지 않나 하는 생각이 들었어. 그런데 그는 일대일대응의 개념뿐만 아니라 대각선 논법을 사용했어. 대각선 논법은 대체 뭘까?

계속해서 대각선 논법에 대해 찾아보고, 이해를 해보려고 노력해도 이게 대체 무슨 소리인가 싶은 내용에 머리가 아파졌어. 이걸 어떻게 이해하고, 이해한 내용을 어떻게 알려줄지 막막했지. 그러던 와중 조금이나마 내가 이해한 대로 이야기를 해볼까 해.

대각선 논법은 칸토어가 집합론에서 실수가 자연수보다 많음을 증명한 방법이라고 해. 결국 무한 집합의 크기도 비교 할 수 있는 방법을 찾아낸 거지. 먼저 자연수와 유리수의 개수를 비교해 볼게.

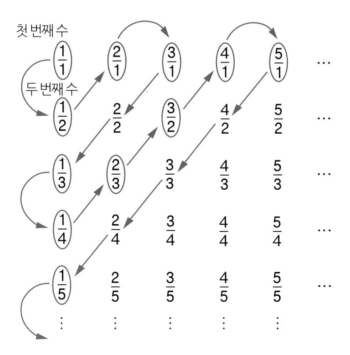

첫 번째 수와 두 번째 수 처럼 위의 사진 속의 수는 하나씩 셀 수 있어. 몇 개가 있는지 정확히 알 수 없고, 무한하더라도 유리수는 그 개수를 셀 수 있는 집합인 거지. 여기까지가 갈릴레오와 칸토어의 공통된 관점이라 볼 수 있어. 이후 칸토어는 대각선 논법을 이용해 (실수의 개수) 〉 (유리수의 개수)라고 말한 것이지.

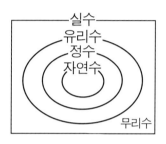

나는 이러한 개념을 보고 생각난 사진이 있었어. 바로 실수의 개념을 배울 때 항상 그리던 실수의 체계야. 이 모습이 마치 무한 집합의 크기 비교처럼 느껴졌지. 그런데 이건 집합의 포함관계일 뿐 크기의 비교는 아니었지.

칸토어는 갈릴레오와 달리 무한 집합에 관한 연구로 현대 수학의 기반이 되는 기초적 집합론을 창시하였으나 여러 수학자와 비판을 주고받다가 깊은 우울증 증세를 보여 병원에 입원하게 돼. 그를 우울증에 빠뜨리게 한 게 무엇일까?

무한 집합의 크기를 비교할 수 있다는 칸토어의 답이 얼마나 뜻밖이었는지 당대의 유명한 수학자들마저 인정하기 힘들어했고, 많은 공격을 퍼부었어. 나는 칸토어가 정신병원에 여러 번 입원하게 된 이유도 이러한 공격 때문일 가능성도 있다고 생각해.

갈릴레오와 칸토어의 주장을 곰곰이 생각하다 보면 너무 머리가 복잡해져. 원소의 개수가 무한이라서 두 종류의 무한 집합의 크기를 비교할 수 없는 것처럼 느껴지기도 하고, 또 비교할 수 있는 것처럼 느껴지기도 하거든. 이런 점이 확고하게 정해졌으면 좋겠는데 이런 점이 오히려 흥미롭게 다가오기도 해. 항상 수학은 답이 정해져 있다고 생각했는데 무한 집합의 크기 비교는 답이 정해지지 않은 거 같지 않니? 그래서 나는 갈릴레오의 의견이 맞다고 생각하든 칸토어의 의견이 맞다고 생각하든 상관없을 거 같다는 생각도 들었어.

그런데 칸토어가 주장한 무한을 지지하는 입장이 우세해졌지만 이런 칸토어의 주장에도 역설이 있지는 않을까?

그것을 밝힌 사람 중 한 사람이 러셀인데, 그의 주장인 러셀의 역설은 1919년 러셀의 '자기 스스로 면도하지 않는 사람들만 면도해 준다고 말한 어떤 이발사'에 관한 이야기로 알려졌어. 한 이발사가 있다고 생각해 보자. 이 이발사는 "스스로 면도하지 못하는 사람들만 면도해 드리겠습니다."라고 말하였어. 이때 누군가 이발사에게 "당신은 스스로 면도하는가요?"라고 물었을 때 모순이 나타나. 만일 그가 스스로 면도를 한다면 '스스로 면도하지 못하는 사람들만 면도해 드리겠습니다.'라는 주장과 일치하지 않아. 그가 스스로 면도하지 않는다면 그는 자신의 주장에 따라야 해. 이렇게 이발사는 어떤 행동을 하든 자신의 주장에 모순되는 거야.

정말 모순이 있을 줄은 몰랐는데, 찾아보니 다양한 모순이 있어서 놀랐고 그중에서도 가장 대표적이라고 생각되는 내용을 가져와 봤어. 처음 이 이야기를 보았을 때 제대로 이해를 못했는데 친구의 도움을 받아 쉽게 이해할 수 있었어. 집합에 들어갈 수도 들어가지 않을 수도 없는 원소가 존재하는 것이지. 이건 그 친구의 말을 바탕으로 쉽게 정리해 본 거야. 완전무결할 것만 같았던 집합론에 모순이 있다는 사실이 재미있었고, 그 모순을 읽으며 이해해 나가는 과정이 즐거웠어. 그렇구나 하고 지나치기만 했던 이론을 세심하게 뜯어보고 모순을 발견한 러셀이 존경스러워지는 순간이었지.

칸토어는 집합론을 세상에 내어놓으면서 당시에 금기시되어온 무한의 개념을 꺼내 들었어. 그렇기에 엄청난 부담감을 느꼈을 거고, 조심스럽게 무한한 집합을 분류하기 시작했을 거야. 그리고 이는 당시 수학자들의 엄청난 반발을 일으켰지. 동년배인 수학자 푸앙카레는 칸토어의 집합론과 무한 수를 심각한 수학 질병이라고 불렀고, 칸토어에게 중요했던 선배 수학자인 크로네커는 그를 과학 사기꾼, 배교자, 젊은이를 지적 타락으로 이끄는 자라고 매도했다고 해. 아무리 자신과 의견이 다르다고 해도 이렇게까지 할 이유가 있었을까? 철학자들도 이러한 비난에 가세했고, 성직자들은 그의 시도를 신에 대한 심각한 도전으로 여겼어.

천재는 언제나 남과는 색다른 생각을 하고, 당시 시대상에 갇힌 사람들은 익숙하지 않은 걸 마주하면 그것을 배척하려고 해. 사람들은 원래 자기 편한 대로, 자기가 옳다고 생각하는 대로, 자기 마음대로 해석하는 거지.

지금까지 알아본 갈릴레오, 칸토어가 얘기하는 무한을 통해 오랜 시간 사람들이 고민들을 알아봤어. 하지만 이 무한은 완벽하지 않고 그렇기에 이에 대한 아이디어는 무한해.

여기서 정리를 해보자면, 무한 집합의 크기 비교를 중점으로 갈릴레오는 크기 비교를 할 수 없다고 했던 반면 칸토어는 크기 비교를 할 수 있다고 했어. 이외에도 두 사람은 어떤 차이점이 있을까?

<갈릴레오와 칸토어 비교>

이름	갈릴레오 갈릴레이	게오르크 칸토어
생애	수학과 천문학 연구함	수학 연구함
무한을 생각한 계기	우주 관찰을 통해 가능성의 무한을 생각함	수학적 이론인 집합을 통해 무한을 생각함
지지자	요하네스 케플러가 지지해 줌으로써 비판을 이겨냄	지지해 주는 사람이 없어 홀로 외로이 주장함
공통점	이론이 당시의 관념으로는 잘못된 이론이라며 많은 비난을 받음	

내가 생각하는 차이점을 간단하게 표로 정리해 보았어. 물론 내 생각이라서 틀린 점이 있을 수 있지만, 갈릴레오와 칸토어는 분명 전혀 다른 인생을 살았는데도 정말 비슷한 인생을 살았다는 느낌을 줘.

지금까지 갈릴레오와 칸토어의 주장을 정리해 봤어. 어렵고 지금도 잘 이해가 되지 않는 내용을 쉽게 정리해서 적으려고 하니 힘든 거 같아.

지금까지의 내용을 토대로 무한을 어떻게 정리할 수 있을 것 같니? 여기서 무한은 실무한으로 실질적 무한이라는 의미야. 말 그대로 셀 수 있는 무한이라는 거지. 실무한에게는 특이한 성질이 있어. 바로 자연수 전체 집합의 원소 개수와 유리수 전체 집합의 원소 개수가 같은 거야. 나는 실무한이라는 단어를 보고 갈릴레오와 칸토어의 주장이 실무한에 가깝다는 생각을 했어. 실무한을 완벽히 주장했던 게 아니더라도 말이야. 갈릴레오를 '실무한을 주장한 수학자'라고 하기엔 모호한 감이 있어. 생애의 끝자락에서 실무한의 개념을 알게 됐을 뿐이니까. 반면 칸토어는 실무한의 개념을 확정 짓고 실무한을 다룬 최초의 사람이야.

이제 이 두 사람이 동시대의 인물이었다면 어떤 일이 펼쳐졌을지 상상이 되니? 내 의견을 조금 말해 볼게. 먼저 갈릴레오가 자기 생각을 책으로 펴냈을 거야. 그에 대해 반박하기 위해 칸토어가 자신의 주장을 펼쳤지만 이미 갈릴레오는 죽은 이후가 아니었을까? 너무 시기상으로 생각해서 이런 결론이 나와버렸네. 그렇다면 갈릴레오가 조금 더 일찍 주장해서 둘이 토론을 하게 된다면 어떤 일이 벌어졌을까? 둘이서만 탁상공론을 하며 의견을 맞추고 자신의 의견에 모순을 발견할 수 있는 좋은 시간이 되었을 것 같아. 비록 다른 사람들은 비난했을지 몰라도 둘이서 서로의 의견을 공유하고 점점 주장을 견고히 해나가지 않았을까? 너희는 어떻게 생각해?

주변에 있었던 무한

이민서

$$1 + \cfrac{1}{2 + \cfrac{1}{2 + \cdots}} = \sqrt{2} \ ?$$

나는 '주변에 있었던 무한'에 대해 써 보려고 해. 말 그대로 우리 주변에 있었지만 정작 우리는 알지 못했거나 인식하지 못했던 무한에 대한 이야기야.

　우리가 이미 배워서 어느 정도 알고 있지만 무한으로 인식하지 못하고, 익숙해서 어렵지 않고 이해하기 쉬운 이야기야. 하지만 만약 무한에 대해 어려워했던 친구라면 지금부터 이야기할 내용으로 이번 기회에 용기를 내어 같이 도전해 보자. 그러면 무한에 대해 조금은 이해할 수 있을 것이고 새로운 시각으로 무한의 개념을 느끼는 경험도 할 수 있을 거야.

　무한소수에서 발견한 무한, 무한한 덧셈, 수직선에서 발견한 무한, 좌표평면에서 발견한 무한을 지금부터 알아보자.

무한소수에서 발견한 무한

무한소수는 순환소수와 순환하지 않는 무한소수로 나눌 수 있어. 그리고 순환소수는 유리수, 순환하지 않는 무한소수는 무리수에 해당 돼.

순환소수는 소수점 아래 일정한 숫자나 마디가 계속해서 반복되는 무한소수를 의미해. 그 예로는 0.333333…이 있어. 이때 0.333333…은 3을 순환마디로 가져. 순환마디가 3이라는 말은 소수점 아래 무한히 3이 반복되는 수라는 거야. 순환마디가 있다는 것은 유리수를 의미해. 그리고 이 수는 우리가 배운 것을 토대로 다음과 같이 나타낼 수 있어.

$$0.333333\cdots = 0.\dot{3} = \frac{3}{9} = \frac{1}{3}$$

또는 다음과 같이 무한히 더해가는 수로 나타낼 수도 있어.

$$0.\dot{3} = 0.3 + 0.03 + 0.003 + 0.0003 + \cdots$$

순환하지 않는 무한소수는 소수점 아래의 수나 마디가 반복되지 않고 불규칙적으로 나열된 무한소수를 의미해. 이 수는 위에서 언급한 순환소수 0.333333…과는 달리 순환마디를 가지고 있지 않아. 그래서 이 수는 유리수가 아니라 무리수라고 하지. 그 예로는 $\sqrt{2}$가 있어. 이 수는 다음과 같은 수를 나타내.

$$\sqrt{2} = 1.414213 \cdots$$

$0.\dot{3}$과 $\sqrt{2}$에서 너는 '무한'이 느껴지니? 사소하지만 나는 여기서 소수점 아래 부분에 같은 수나 마디가 무한히 반복되는 것, 같은 수나 마디가 아니더라도 불규칙적으로 무한히 나열되는 것, $0.\dot{3}$과 같은 순환소수를 점점 작아지는 수들을 무한히 더하여 표현할 수 있다는 것에서 무한을 느낄 수 있었어. 그리고 무한을 '$\cdots$'과 같은 기호로 아주 간단하게 표현했다는 것을 알 수 있었어. 이렇게만 보면 무한이 아주 쉬운 개념인 것 같지 않니?

이번에는 위의 두 수 중 $\sqrt{2}$를 소수가 아닌 연분수의 형태로 표현해 보면서 무한을 느껴 보려고 해. 이 이야기를 하기 전에 먼저 연분수에 대해 설명해 볼게. 연분수는 아래와 같은 형태의 분수를 말해.

$$a_0 + \cfrac{1}{a_1 + \cfrac{1}{a_2 + \cfrac{1}{\cdots}}}$$

가끔 저런 형태의 분수를 문제에서는 볼 수 있었겠지만 이름까지는 아마 알지 못했을 거야. 이제는 저런 형태의 분수가 문제에서 나오면 "아, 연분수!"라고 말할 수 있겠지?

유리수는 분수의 형태로 표현할 수 있지만 무리수는 그렇지 않다는 것을 알고 있을 거야. 하지만 유리수와 무리수는 모두 연분수의 형태로 표현할 수 있어. 형태만 보고 혹시 어렵겠다고 느낄 수 있겠지만, 걱정하지 마. 유리수나 무리수를 연분수로 나타내는 방법은 간단하니까. 이것만 기억하면 돼.

'나누고 뒤집기'

우선 유리수 $\frac{34}{21}$ 를 예로 들어 설명해 볼게.

첫 번째, $\frac{34}{21}$ 를 정수부분과 양의 소수부분으로 나누기.

그러면 $\frac{34}{21} = 1 + \frac{13}{21}$ 로 나타낼 수 있어.

두 번째, $1 + \frac{13}{21}$ 에서 소수부분인 $\frac{13}{21}$ 을 뒤집기.

그러면 $1 + \dfrac{1}{\frac{13}{21}}$ 으로 나타낼 수 있어.

세 번째, 위의 두 과정을 마지막 형태가 $a_0 + \dfrac{1}{a_1 + \dfrac{1}{a_2}}$ 로 표현

될 때까지 반복한다면 연분수로 나타낼 수 있어. 뒤집었을 때 정수부분만 남으면 거기서 끝내면 돼.

이런 방법으로 유리수를 나타내면, 유리수의 연분수는 나누고 뒤집기를 유한번만 반복하면 돼. 그렇다면 무리수도 유한번만에 완성될까? $\sqrt{2}$ 를 이용해 무리수도 유한번만에 연분수의 형태로 나타낼

수 있는지 알아볼게.

무리수 $\sqrt{2}$를 연분수로 나타내는 것은 유리수보다는 조금 번거롭지만 어렵지 않아. 방금 유리수에서 사용했던 나누고 뒤집기 기억하지? 같은 방법으로 를 연분수로 만들어 볼게.

첫 번째, $\sqrt{2}$를 정수부분과 소수부분으로 나누기.
그러면 $\sqrt{2} = 1 + (\sqrt{2} - 1)$로 나타낼 수 있어.
두 번째, $1 + (\sqrt{2} - 1)$에서 소수부분 $\sqrt{2} - 1$을 뒤집기.
그러면 $1 + \cfrac{1}{\cfrac{1}{\sqrt{2} - 1}}$ 로 나타낼 수 있어. 이걸 다시 유리화 하면

$1 + \cfrac{1}{\sqrt{2} + 1}$ 가 돼.

세 번째, 뒤집기를 한 번 더 반복하기.
그러면 $\sqrt{2} + 1 = 2 + (\sqrt{2} - 1)$과 같이 나누어지므로

$1 + \cfrac{1}{2 + (\sqrt{2} - 1)}$ 이 돼.

여기서 소수부분 $\sqrt{2} - 1$를 뒤집으면 $1 + \cfrac{1}{2 + \cfrac{1}{\cfrac{1}{\sqrt{2} - 1}}}$ 이 되고,

유리화까지 하면, $1 + \cfrac{1}{2 + \cfrac{1}{\sqrt{2} + 1}}$ 이 돼.

과정을 계속 반복하면 앞에서 보여주었듯이 $\sqrt{2}$ 를

$$\sqrt{2} = 1 + \cfrac{1}{2 + \cfrac{1}{2 + \cfrac{1}{\cdots}}}$$ 와 같이 연분수로 표현할 수 있을 거야.

사실 무리수는 $a_0 + \cfrac{1}{a_1 + \cfrac{1}{a_2 + \cfrac{1}{\cdots}}}$ 와 같은 꼴의 연분수로

나타낼 수 있어. 무리수의 연분수는 유리수의 연분수와는 달리 끝이 없어. 저런 형태의 분수가 무한히 반복되는 거지.

유리수의 연분수와 무리수의 연분수는 연분수의 끝이 있을까? 아니면 무한히 형태가 반복될까? 라는 질문으로 비교할 수 있어. 나는 연분수를 문제에서 가끔 봤지만 이름도 알지 못했고, 무한하게 있는지도 몰랐어. 나와 같은 사람도 아마 있을 거야. 하지만 주위에 연분수와 같이 가끔 봤지만 그 이름조차 생소하거나 무한하게 있는지도 몰랐던 것이 놀랍지 않아?

무한한 덧셈

앞에서 $0.\dot{3}$ 은 $0.3 + 0.03 + 0.003 + 0.0003 + \cdots$ 과 같이 작아지

는 수들의 덧셈으로 무한히 나타낼 수 있다고 한 거 기억나니? 0.3+0.03+0.003+0.0003+ … 과 같이 표현한 것은 작아지는 수들이 무한히 더해지는 것인데, 그 값이 $\frac{1}{3}$인 것이 이상하지 않아? 작아지는 수들이라도 무한히 많이 더하면 계속 커질 것 같잖아. 그러면 작아지는 수를 무한히 더하면 그 결과가 무한히 커지기만 할까? 아니면 그렇지 않은 경우도 있을까?

첫 번째는 다음과 같은 규칙으로 무한히 더했을 때 그 결과가 무한히 커지기만 하는 것은 아닌 경우야. 예를 들면 $\frac{1}{2}$씩 작아지는 수를 더한 $1+\frac{1}{2}+\frac{1}{4}+\frac{1}{8}+ \cdots$이 있어. 이 합이 계속 커지긴 하지만 무한히 커지는 것은 아니라고? 한번 확인해 보자.

$S=1+\frac{1}{2}+\frac{1}{4}+\frac{1}{8}+ \cdots$라 하고, 양변에 $\frac{1}{2}$을 곱한 식을 S_1이라고 해보자.

그렇다면 $S_1 = \frac{1}{2}S = \frac{1}{2}+\frac{1}{4}+\frac{1}{8}+\frac{1}{16}+ \cdots$이야.

이때 두 식을 빼면 $\frac{1}{2}S = 1$이므로 $S=2$가 돼.

따라서 $1+\frac{1}{2}+\frac{1}{4}+\frac{1}{8}+ \cdots = 2$가 되지.

두 번째는 다음과 같은 규칙으로 무한히 더했을 때 그 결과가 무한히 커지는 수야. 예를 들어 $1+\frac{1}{2}+\frac{1}{3}+\frac{1}{4}+ \cdots$가 있어.

$$S = 1 + \frac{1}{2} + (\frac{1}{3} + \frac{1}{4}) + (\frac{1}{5} + \frac{1}{6} + \frac{1}{7} + \frac{1}{8}) + \cdots,$$

$$T = 1 + \frac{1}{2} + (\frac{1}{4} + \frac{1}{4}) + (\frac{1}{8} + \frac{1}{8} + \frac{1}{8} + \frac{1}{8}) + \cdots 라 하자.$$

그러면 $S > T$이고,

$$T = 1 + \frac{1}{2} + (\frac{1}{4} + \frac{1}{4}) + (\frac{1}{8} + \frac{1}{8} + \frac{1}{8} + \frac{1}{8}) + \cdots$$

$$= 1 + \frac{1}{2} + (\frac{1}{2}) + (\frac{1}{2}) + \cdots 이므로 T의 값은 1에 \frac{1}{2}을$$

무한히 더하는 것이라서 1보다 크고, 3보다 크고, 나중에는 어
떠한 값들보다 커지게 돼. 그래서 S는 계속 무한히 커지는 거야.

이처럼 작아지는 양의 수들을 무한히 많이 더해 본다면 그 결과
가 무한히 커지는 것도 있지만, 끝이 있는 무한한 덧셈도 있어. 우리
는 어떤 양의 수를 계속 더한다면 무한히 커진다고 생각해. 하지만
이 무한한 덧셈은 그러한 사고방식이 언제나 옳은 것은 아닐 수 있
다는 것을 알려주고 있어. 우리 주위에는 무한한 덧셈처럼 우리의 사
고나 생각과는 다른 경우가 많은 것 같아.

수직선에서 발견한 무한

수직선은 양옆으로 직선이 무한히 나아가고 있으니 '무한'이 느껴진다고 할 수 있겠지? 그러면 여기서 양옆으로 직선이 무한히 나아간다는 것이 무엇일까에 대해 생각해 본 적 있어? 나는 무한히 나아간다는 건 거기에 대응되는 수를 나타낼 수 있다는 의미가 아닐까? 라는 생각을 해봤어. 무한히 많은 수를 나타낼 수 있으니 그 수의 개수만큼 수직선도 그려지는 게 아닐까 하고 말이야. 그러니 유리수와 무리수를 모두 수직선에 그릴 수 있다면 수직선은 무한개의 수를 표현한 거겠지?

먼저 무한소수 중에서 유리수에 해당하는 순환소수에 대해 설명해 볼게. 일단 순환소수의 예로는 0.333333이 있어. 순환소수는 유리수이기 때문에 분수로 나타내거나 컴퍼스로 그리는 등의 방법으로 수직선에 쉽게 나타낼 수 있어.

다음으로는 무리수에 해당하는 순환하지 않는 무한소수야. 순환하지 않는 무한소수의 예로는 $\sqrt{2}$가 있어. $\sqrt{2}$처럼 순환마디가 없는 무리수라도 수직선에 나타낼 수 있어.

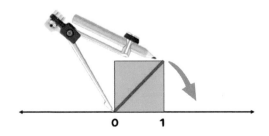

$\sqrt{2}$를 수직선에 나타낼 수 있는 방법 중 하나는 바로 한 변의 길이가 1인 정사각형의 한 변을 0을 기준으로 한 수직선에 놓고 대각선의 길이를 구해서 나타내면 돼. 한 변의 길이가 1인 정사각형의 대각선 길이는 피타고라스 정리를 이용하면 $\sqrt{2}$라는 것을 알 수 있어. 그 길이를 수직선과 부채꼴 그리듯이 내려오면 그 자리가 $\sqrt{2}$인 지점인 거야. 이런 방법으로 다른 순환하지 않는 무한소수도 수직선에 나타낼 수 있을 거야.

이제 우리는 수직선에 순환소수와 순환하지 않는 무한소수를 나타낼 수 있게 되었어. 그러니 수직선에 실수 범위 내의 모든 수를 나타낼 수 있게 된 것이고, 수직선에 '무한'이 표현된 것이라고 할 수 있지 않을까?

좌표평면에서 발견한 무한

좌표평면은 수직선 2개를 수직으로 놓은 거니까 '무한'이 더 잘 느껴지지 않을까? 위에서 언급한 수직선 1개에서도 '무한'이 느껴졌잖아. 수직선은 양옆으로 직선이 무한히 나아간다고 하는데 그렇다면 좌표평면은 상하좌우 네 방향으로 직선이 무한히 나아간다고 하면 되는 걸까? 그러면 좌표평면에는 수직선보다 대응되는 수의 개수도 많으니 '무한'이 더 잘 표현 되겠지?

좌표평면 위에는 여러 그래프를 그릴 수 있는데, 그중에 무한을 표현하는 그래프가 있어. 유리함수와 무리함수를 예로 들 수 있지.

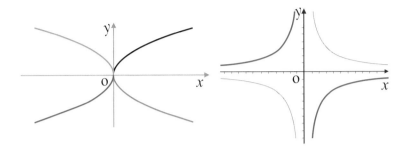

무리함수는 한 점에서 무한히 나아가는 그래프야. 반면에 유리함수는 대칭축이 있는데, 이 축과 절대로 만나지 않게 무한히 나아가. 또한 유리함수 그래프를 보면 점근선과 만날 것 같지만 절대로 만나지 않아.

우리가 중학교 때부터 배운 수직선과 좌표평면에도 무한의 개념이 들어가 있다고 할 수 있는데, 놀랍지 않아? 수직선에는 수들을 무한히 나열할 수 있고, 좌표평면의 그래프는 무한히 나아가. 그리고 유리함수 그래프는 점근선에서 절대 만나지 않게 무한히 나아간다는 점에서 무한의 개념이 들어 있어.

이것으로 주변에 있었던 무한에 대해 설명해 봤어. 우리 주변에 있었지만 정작 우리는 인지하지 못했던 무한에 대한 이야기였어. 무한은 우리가 "이런 것도 무한이야!?"라고 할 정도로 주위와 잘 어울려 있어.

비록 이번에는 4가지 정도밖에 설명하지 못했지만 우리 주위에는 더욱 다양한 무한이 있어. 다음에는 더 다양한 우리 주위에 있지만 인식하지 못한 무한에 대해 설명해 볼게. 무한이 보기에 어렵고, 무엇인지도 잘 모르겠다고 하지만 실제로는 알아보니 꽤 재미있지? 그래서 무한에 대한 적대감을 없애고 먼저 다가가거나 주위에 있는 무한을 찾아봤으면 좋겠어.

무한에 대한 상상

서민우

$$\infty + \infty = 2\infty\,?$$

∞

사과 한 개에 또 한 개를 더하면 두 개, 사과 두 개에 또 한 개를 더하면 세 개, 그렇게 사과를 하나씩 더하다 보면 어느덧 무한개? 계속해서 사과를 더하거나 뺀다면 어떤 결과가 나올까?

연산은 새로운 것을 만드는 것을 말하는데 이처럼 무한을 연산한다는 것은 새로운 무한을 만들어 내는 것일까?

무한은 수일까? 수가 아닐까?

무한대라는 기호를 들어본 적 있니? 고등학교 1학년이 아직 안 되었다면 아마 자세히 들어보지는 못했을 거야. 이 기호는 고등학교 2

학년이 되면 배우거든. 무한대는 무한히 커지고 있는 상태를 나타내고, ∞와 같이 표현해. 그런데 나는 무한대가 기호(∞)라는 말에 쉽게 수긍되지 않았어. 그래서 나는 몇 가지 상상을 해봤어.

$\sqrt{2}$라는 숫자. $\sqrt{2}$는 제곱하여 2가 되는 수로 우리가 무리수라고 알고 있는 수야. $\sqrt{2}$는 $\sqrt{\ }$(루트)라는 기호 속에 2라는 숫자가 합쳐져 있는 모습이야. 그리고 이것을 $\sqrt{2}$를 소수로 나타내면 1.4142135623⋯이라고 나타낼 수 있지. 이 수는 소수점 아래 끝을 모르고, 분수로 나타내지 못하기 때문에 무리수라고 해.

그리고 π(파이), π는 원주의 길이와 그 지름의 비의 값을 상징하는 기호인데, 이 기호는 3.141592⋯라는 소수점 아래 무한히 반복되지 않는 무한소수를 간략하게 나타내기 위한 기호로 $\sqrt{2}$와 마찬가지로 무리수야.

일단 앞서 말한 $\sqrt{2}$와 π가 순환하지 않는 소수를 표현하는 수라고 한다면, 무한히 나아가는 상태를 나타내는 ∞도 특정한 수라고 볼 수 있지 않을까? 아니면 ∞는 무한히 나아가는 그 자체를 의미하기 때문에 수가 아닐까?

실수와 무리수가 섞여 있는 $1+\sqrt{2}$라는 값과 $2+2\sqrt{2}+\sqrt{3}$라는 값이 있다고 하자. 우린 이 두 값을 합할 수 있을까? 그것을 표현할 수 있을까? 자연수는 자연수끼리 $\sqrt{2}$는 $\sqrt{2}$끼리, $\sqrt{3}$은 $\sqrt{3}$끼리, 즉 동류항끼리 계산한다는 것을 배웠기에 우린 두 식의 합을 $3+3\sqrt{2}+\sqrt{3}$ 으로 표현하는 것이 가능해.

분명 $\sqrt{2}$는 1.4242135623로 반복되지 않는 무한소수이잖아. 그런데 이 반복되지 않는 무한소수들인 두 값 $\sqrt{2}$와 $2\sqrt{2}$를 계산하면 $3\sqrt{2}$라는 결과값이 나오지. 무한소수들을 계산을 할 수 있다니! 신기하지 않아?

이번에는 π를 예로 들어볼게. 여기에 반지름이 1인 원과 $\sqrt{2}$인 원, 2인 원이 있어. 반지름이 주어졌을 때 원의 둘레를 구하는 공식은 $2\pi r$이고 원의 넓이를 구하는 공식은 πr^2이야. 여기서 r은 반지름을 의미해. 그렇다면 각각의 원의 둘레는 2π, $2\sqrt{2}\pi$, 4π가 되고 원의 넓이는 각각 π, 2π, 4π가 되지.

우린 여기서도 연산했다는 것을 알 수 있어. 좀 더 자세히 말하면 어떤 소수점 아래 끝이 무한인 수끼리의 계산을 할 수 있었다고 할 수 있지. 우리가 '연산'을 해 본 π나 $\sqrt{2}$라는 숫자는 "수직선 위에 대략 이 지점일 거야."라고 추측하며 나타낼 수 있었어. 이러한 원리를 이용하면 무한대(∞)도 수로 인지하여 $\sqrt{2}$나 π와 같이 무한대(∞) 또한 연산이 가능하지 않을까?

연산이 무엇일까?

어느 날 너에게 나무, 석유, 알루미늄, 잉크가 주어졌어. 그리곤 한 사람이 주어진 재료를 가지고 노트 한 권을 만들어 보라고 했어. 생전 노트가 어떻게 만들어지는지 모르는 너는 아주 당황하겠지? 노트를 만드는 재료가 있다고 한들, 그 재료들을 가공하고 일정한 방법으로 만들어 낼 수 있는 공장이 필요한 것처럼 연산(재료들)에서는 일정한 연산 규칙(공장)을 정해 이를 통하여 연산을 해주어야 올바른 규칙과 오류가 없는 결과를 얻을 수 있게 되는 거야.

그럼 '+, −, ×, ÷'와 같은 연산 기호들을 보면 뭐가 떠올라? 가장 먼저 더하기는 우리가 가장 처음 접했을 때 우린 이런 기호의 뜻과 의미는 몰랐지만 사과 한 개에서 한 개를 받으면 몇 개인지 세 살 이상 아이라면 두 개라는 대답을 할 수 있었을 거야. 그리고 우린 한 살, 한 학년이 올라가면서 점차 '−, ×, ÷'의 개념과 기능을 알게 되었어.

우리는 지금 무한의 연산에 대해 이러한 '+, −, ×, ÷'와 같은 기호들이 가지고 있는 본래 기능들을 토대로 무한에 접근하는 것이 더욱 이해하기 쉬울 거야. 이제 연산 규칙을 하나하나씩 정리해 보자.

가장 먼저 덧셈, 덧셈은 아주 쉬워! 그러나 가장 쉽다고 무시하다가는 '실수(失手)'라는 큰 벌을 받을 수도 있지. 물론 '실수'가 나쁘다는 건 아니야. 덧셈은 수와 집합, 두 가지의 경우로 이야기해 볼 수 있어. 가장 먼저 수의 덧셈에서, $1+1=2$, $\frac{1}{2}+\frac{1}{3}=\frac{5}{6}$, $-1+\frac{1}{2}=-\frac{1}{2}$, 등과 같이 유리수끼리의 덧셈 뿐만 아니라 실수 범위, 복소수 범위 등과 같이 다양한 범위에서 덧셈이 가능해.

이러한 수의 덧셈 말고도 집합에서의 덧셈도 가능해. 예를 들어

집합 A = {1, 3, 5}와 집합 B = {2, 4, 6}

가 있다고 하자. 집합은 수가 아니라 원소들의 모임이야. 그러나 우리는 $A \cup B$ = {1, 2, 3, 4, 5, 6}과 같이 두 집합의 덧셈을 합집합이라는 새로운 정의와 기호를 통해 가능하게 할 수 있어. 이를 이용해서 뺄셈까지 생각해 볼 수도 있어.

뺄셈은 덧셈과 역의 관계가 있는 연산이야. 여기에 2-1=1과 2-3=-1이라는 식이 있어. 처음 뺄셈은 2-1=1은 자연수이지만 2-3은 자연수의 조건에 만족하지 못하기 때문에 그 이상의 수 체계가 등장하게 된 배경이 되었어.

앞서 덧셈에서와 비슷하게 집합에서의 뺄셈도 있어.

집합 C = { 1, 2, 3, 4, 5, 6 }와
집합 D = { 1, 3, 5 }

가 있다고 생각해 보자. 수에서 두 수의 차를 집합에서 그대로 사용할 수는 없지만 집합에서도 뺄셈이 가능해. 이를 차집합이라고 말하지.
차집합은 한 집합에서 두 집합의 공통인 교집합의 원소를 뺀 집합을 의미하고 기호로는 마이너스(-)를 그대로 써. 이를 집합 C와

집합 D의 차를 나타내어 본다면 $C - D = C \cap D^C$으로 나타낼 수 있고 위에 주어진 원소들로 계산을 해보면 $C - D = C \cap D^C = \{\,2, 4\,\}$가 됨을 알 수 있어.

수식으로만 집합을 이해하기 어려울 수 있기에 좀 더 쉽게 벤다이어그램을 그려본다면 더 쉬울 거야.

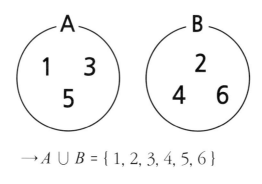

$$\rightarrow A \cup B = \{\,1,\,2,\,3,\,4,\,5,\,6\,\}$$

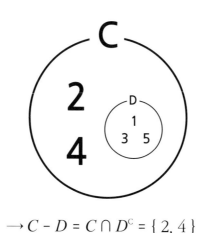

$$\rightarrow C - D = C \cap D^C = \{\,2,\,4\,\}$$

이처럼 집합의 뺄셈에서 두 집합에서 겹치는 원소를 빼는 것은 집합의 뺄셈을 정의하였기에 가능해졌어.

이제 곱셈도 한번 알아보자. 곱셈은 앞에서 말한 덧셈과 뺄셈에 비해 조금 특이해. 쉽게 말하자면 a라는 수를 b묶음 만큼 더하는 것과 같아.

$$a \times b = a_1 + a_2 + \cdots + a_b$$

수의 곱셈처럼 집합에서는 곱셈이 가능할까? 집합에서의 곱셈은 집합에 속해 있는 원소들을 하나씩 짝을 지어 그 원소들의 짝의 개수만큼 나타내는 거야. 말로만 설명하니까 감이 잘 안 오지? 이전에 덧셈에서 이용한 집합 A와 집합 B를 통해 알아보자.

집합 A = { 1, 3, 5 }, 집합 B = { 2, 4, 6 }의 곱은 순서쌍으로 짝지어 주는 것을 의미해. 이를 집합 A와 집합 B의 곱으로 나타내어 본다면

$$A \times B = \{ (1, 2), (1, 4), (1, 6), (3, 2), (3, 4), (3, 6), (5, 2), (5, 4), (5, 6) \}$$

라 할 수 있어. 이렇게 일정한 규칙들을 정하여 연산을 정의한다면, 앞서 $\sqrt{2}$, π가 연산이 가능했던 것처럼 무한끼리의 연산도 얼마든지 가능할 수 있지 않을까?

무한 + 무한

앞서 정리한 수의 연산과 집합의 연산을 토대로 무한도 연산해

보자. 일단 우리는 무한의 덧셈을 생각해 보자. ∞+1은? ∞+10은? ∞+100은? 무한에다 아무리 어떤 큰 수를 더하더라도 무한이라는 결과가 나올거야.

여기서 더 나아가서 ∞+∞을 상상해 보자. 무한 더하기 무한, 무한은 본래의 성질은 무한히 나아가는 상태야. 그러나 무한을 $\sqrt{2}$나 π처럼 동류항으로 보고 '2∞'으로 낸다면 어떤 의미가 될까?

이제 아주 평편한 평야에 나와 네가 있다고 생각해 보자. 나는 지금 발을 디딘 곳에 가만히 있고, 너는 지금 나로부터 점점 멀리 가고 있어. 그리고 우리가 있는 이 평야에는 주변 사물이 아무것도 없고 지평선 마저 없는 곳인 거야. 그렇다면 너를 바라보고 있는 나는 네가 어떻게 보일까?

처음에는 점차 작아지는 거 같으면서 네가 엄청 멀리 간다면 어느 순간 너는 점처럼 작게 보이기 시작하겠지? 그리고 지평선마저 없는 아주 평평한 곳이기에 너의 모습은 한 점인 상태에서 더 이상 변하지 않을 거야.

이러한 상황을 무한 더하기 무한으로 생각해 보면 굳이 저 멀리 간 것에 또 그만큼 멀리 가봤자 그냥 멀리 간 거나 다름없지 않을까? 그래서 '2∞'이라는 것을 표현하지 않아도 그냥 '∞'으로 표현해도 이상하거나 어색한 점을 느낄 수 없을 거야. 이러한 관대한 무한으로 연산을 해보면 어떨까?

짝수 집합 N과 홀수 집합 M이 있어. 이 두 무한 집합을 더할 수 있을까? 집합에서의 더하기는 앞서 합집합, 즉 기호로는 ∪라고 했었지? 이를 가지고 식으로 나타내 본다면 다음과 같아.

$$N \cup M = \{\, 1, 2, 3, 4, 5 \cdots \}$$

짝수 집합과 홀수 집합의 원소의 개수는 똑같이 수를 헤아릴 수 없을 정도로 많을 거야. 그러나 짝수와 홀수를 포함하는 집합은 우리가 배운 자연수잖아. 즉 무한 집합인 짝수와 홀수를 합해서 자연수 집합이 나와. 그런데 원소의 개수는 이전과 같이 같은 무한으로 나온다는 거야.

이것을 통하여 무한 집합에서 원소의 개수도 비교할 수 있음을 알게 되었어. 앞에서 갈릴레오와 칸토어의 이야기 기억나지? 이것은 수학사에 중요한 발견 중 하나였지.

무한 × 무한

앞서 우리는 수일 때와 집합일 때로 나누어 곱셈 연산을 알아보았어. 무한을 어떤 수로 가정을 하고 동류항처럼 계산해 본다면 $\infty \times \infty = \infty^2$이 될 거야. 무한을 수라고 생각하면 무한이 무한대 묶음만큼 있다고 짐작해 볼 수 있을 거야. 이제 집합일 때의 곱셈을 생각해 보자. 그런데 위에서 이용한 짝수 집합과 홀수 집합의 곱으로 상상할 수 있을까?

$$N \times M = \{ 1, 3, 5, 7 \cdots \} \times \{ 2, 4, 6, 8 \cdots$$
$$= \{ (1,2), (1, 4), (1, 6) \cdots \}$$

이때, 집합N과 집합M을 집합의 곱셈으로 나타내면 $N \times M$의 원소 개수는 무한개로 무한집합인 N, M의 원소의 개수인 무한개가 되는 걸까?

무한 – 무한

무한에서 무한을 뺀다면 어떻게 될까? 그냥 이라고 생각했다면 그건 너무 단순하게 생각한 걸 거야. 생각보다 단순한 문제 아닐 것 같지 않니? 우린 분명 중학교 수학 시간에 식의 계산에서 동류항끼리의 빼기로 본다면 0이 맞아. 그러나 여기서 무한을 무작정 동류항이라고 단정지으면 안돼.

왜냐하면 무한은 어떤 상태나 집합을 나타내기 때문이야.

다르게 생각해 보면 '무한대'를 뺄 때는 경우에 따라 값이 무한히 많은 가지 수가 나올 수 있지.
수학에서 간단한 식의 동류항으로 무한을 계산할 때 각각의 상황에 따라 왜 값이 달라지는지 알아볼게. 먼저 n에 관한 식을 계산해 보자.

$$5n - 2n = 3n$$
$$n - n = 0$$
$$n - 2n = -n$$

위 식은 단순한 동류항 계산이었어. 이제 n대신에 우리가 궁금했던 ∞를 집어넣어 보자.

$$5\infty - 2\infty = 3\infty = \infty$$
$$\infty - \infty = 0$$
$$\infty - 2\infty = -\infty$$

이제 왜 '무한에서 무한을 뺏을 때' 동류항 처럼 생각 하면 틀렸는지 알 수 있지? 위의 식처럼 무한 빼기 무한이 경우에 따라 무한이 될 수도, 0이 될 수도, 음의 무한이 될 수도 있었어. 그렇다면 집합으로도 접근해 보자.

유리수 집합과 정수 집합이 있어. 수에서 정수는 유리수 범위에 속해. 따라서 반드시 유리수는 정수를 포함한다는 것을 알 수 있지. 이제 이 두 집합의 개수(집합의 개수는 기호로 n(집합))를 비교해 보자.

$$n \,(\text{유리수의 집합}) - n \,(\text{정수의 집합}) > 0$$

정수 집합의 원소는 끝이 없어. 그리고 유리수 집합 또한 마찬가지야. 하지만 유리수의 범위가 정수의 범위보다 크기 때문에 유리수 집합에서 정수 집합의 차는 분명히 0보다 클 것이란 걸 알고 있지?

그렇다면 0이 될 수 있는 예로 짝수 집합과 홀수 집합의 차를 생각해 보면 이해하기 좋을 거야. 모든 짝수와 모든 홀수를 나열하면 결국 자연수가 되기 때문이야. 그렇기에 자연수의 절반은 짝수, 나머지 절반은 홀수로 이루어져 있다고 할 수 있지. 이 두 집합을 빼면 원소의 갯수는 0이라 할 수 있어. 정말 신기하지 않니?

마지막으로 음의 무한대가 나올 수 있는 상황은 앞서 말한 양의 무한대가 나오는 경우에서 제시했던 유리수, 정수 집합의 순서로 차를 계산한 것을 정수, 유리수 집합의 순서로 차를 계산하면 이해할 수 있을 거야.

지금까지 '무한 – 무한'은 상황에 따라 달라질 수 있다는 이야기 해 보았어. '무한 – 무한'이 특정 상황에서 결과값이 달라지는 경우가 있었지? 한 번쯤 '무한 ÷ 무한'도 고민해 보는 시간을 가지면 좋을 것 같아.

직관으로는
풀 수 없는 무한

정라윤

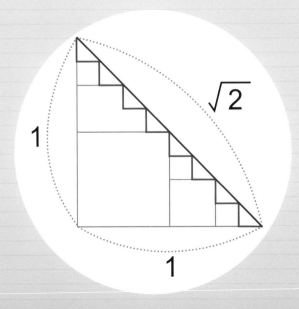

중세 이전에는 지구가 네모여서 바다에 배를 타고 멀리 나가면 낭떠러지로 떨어질 거라고 믿었어. 그래서 다른 곳을 감히 개척하거나 찾아볼 생각조차 하지 못했어. 하지만 코페르니쿠스는 지구는 둥글고 자전을 한다고 주장했어. 코페르니쿠스의 지동설은 기존의 천동설이 가진 지구 중심설을 바꾸었어. 또한 우주가 한정된 공간이며 행성의 궤도가 완벽한 원의 형태로 되어 있다는 주장을 하면서 그에 따른 근거는 제시했어. 하지만 코페르니쿠스의 지동설은 100년이 넘도록 지배했던 아리스토텔레스와 프톨레마이오스의 천동설에 반기를 든 일이었고 그 당시 관점과 맞지 않았지. 코페르니쿠스 이후에도 많은 사람들은 지구를 중심으로 태양, 달, 행성들이 공전한다고 생각했어.

하지만 갈릴레오가 스스로 제작한 망원경을 사용해 천체를 직접 관측하면서 1610년에 목성의 위성, 달 표면의 요철, 태양의 흑점, 토성의 띠 등을 발견했지. 이것이 코페르니쿠스의 지동설에 강력한 근거를 부여하게 되었어.

갈릴레오가 주장한 지동설은 태양중심설과 지구중심설의 대립인 셈이야. 우주관에 대한 변천은 아주 오래 전부터 왜곡된 채 시작되었어. 고대 유적에 그려진 지구의 모습은 구형이 아닌 평편한 대지였어. 고대 그리스에서는 항해를 통해 지구가 둥글다는 것은 알게 되었지만, 지구가 태양을 돌고 있다는 것은 믿지 않았어. 이는 과학적인 판단 보단 철학적인 판단에서 비롯된 것이었어.

몇몇 천문학자들에 의해 지구의 공전과 자전에 대해서 언급이 되었지만, 정확한 증거를 제시하지 못하였어. 당시 학자들은 지구가 태양 주위를 돌고 있다면, 지구 위에 있는 사람들은 그 속도로 인해 튕겨 나갈 거라고 생각했어. 또한 지구가 자전하고 있다면 높은 곳에서 떨어지는 물체는 자전 반대 방향으로 떨어질 것이라고 생각했지만, 이런 증거를 발견할 수 없었기에 지동설은 인정받지 못했어.

당시에 지동설은 교회에 반기를 드는 것이었어. 하지만 갈릴레오는 교회의 뜻에 맞서서 지구가 태양 주위를 돈다는 것을 계속 주장했어. 이러한 사건들로 지구가 평평하며 지구를 중심으로 천체가 돌고 있다는 중세 사람들의 기본 개념을 흔들어 놓았어.

이후 타코 브라헤, 갈릴레오, 케플러와 뉴턴 같은 학자들이 천체 관측 자료를 바탕으로 지동설의 증거를 하나씩 찾아내었고, 이로 인해 과학적으로 우주관에 접할 할 수 있는 기회가 마련되었어. 그리고 과학적 이론들이 점점 자리 잡아 가면서 지동설이 옳다는 것이 증명되었어.

코페르니쿠스와 갈릴레오의 공통점이 있어. 바로 자신이 보편적 편견을 깨고 새로운 가설을 세우고 이것을 입증했다는 거야. 이처럼 생각을 바꾸는 것은 우리에게 상상도 못한 진실을 보여 줄 때도 있어. 그렇다면 한번 생각해 보자.

현재에는 우리의 직관이 얼마나 부정확할까?

우리가 보편적으로 믿고 있는 사실들 중 진실이 아닌 것들이 얼마나 많이 존재할까? 이러한 것들에 대하여 항상 고민과 의심, 비판적, 역설적 사고를 가질 때 우리의 참된 진리를 찾을 수 있을 거야. 물론 저런 생각의 전환은 천재에게나 가능한 일이라고 하지만 그런 생각을 쉽게 하지 마. 뒤에 제시될 예시들을 보면 무한의 세계에 들어가는 일은 평범한 우리에게도 가능한 일일지도 모르거든! 그럼 기대해 봐!

나는 눈으로 풀 수 없는 무한을 풀면 풀수록 답에 가까워지는 무한과 풀면 풀수록 답과 가까워지는 것 같아 보이지만 멀어지는 이상한 무한 이야기를 다뤄 볼 거야!

혹시 역설이 뭔지 아니? 거스릴 '역(逆)', 말씀 '설(說)' 그러니까 말을 거슬러 보는 것을 역설이라고 해. 수천 년 동안 수학자, 물리학자, 철학자들이 '무한'을 다루면서 발견한 것은 '역설'이었어.

여기서는 철학, 수학, 물리학, 신학 등에서 언급되는 '무한'을 들

여다 보면서, 과연 참된 무한이 우리의 유한한 우주 속에서 실현될
수 있는지, 무한 사건을 부적절하게 기술할 때 생기는 헛것에 불과
한지, 우주의 논리적 일관성을 기술하는 원리에 의해 실재에서 추방
당한 것인지, 수학에서는 어떻게 더 큰 무한과 더 작은 무한을 구별
하게 되었는지에 대하여 알아볼거야.

무한에서 크기는 직관과 상관이 없을 때도 있어. 그림과 같이 집
합 N = { 1, 2, 3, 4, 5, ⋯ }이고, 집합 N_e = { 2, 4, 6, 8, 10, ⋯ }이라고
생각해 보자. 이 두 무한의 크기는 다를 것 같이 느껴져. 하지만 집합
N에서 집합 N_e의 함수를 $f(n) = 2n$이라고 정의하면 무한집합인 두
집합의 크기는 같아져. 직관적으로 보면 자연수의 집합은 전체이고
짝수의 집합은 부분인데 같아지더라고.

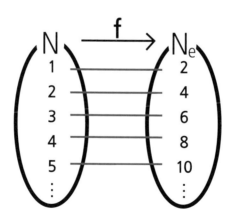

N에서 N_e으로의 함수 f를 $f(n) = 2n$이라 정의하면

이번에는 그림과 같이 밑변의 길이와 높이가 각각 1이고, 빗변
의 길이는 $\sqrt{2}$인 직각삼각형이 있다고 하자. 그리고 이 직각삼각형

에서 밑변의 길이와 높이의 합은 2가 되지. 이제 직각삼각형의 밑변과 높이를 다음과 같은 방법으로 계속 나누어 보고 어떤 일이 생기는지 살펴 볼게.

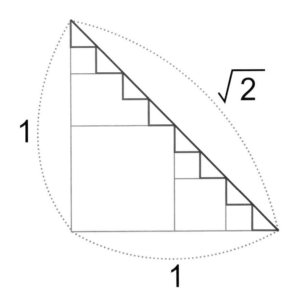

첫 번째 밑변과 높이를 $\frac{1}{2}$씩 나누어서 만들어지는 두 직각삼각형의 밑변의 길이와 높이의 합은 2야. 다시 두 직각삼각형의 밑변의 길이와 높이를 $\frac{1}{2}$씩 나누자. 이때 나누어진 4개의 직각삼각형 밑변의 길이와 높이의 합도 2야. 이것을 무한대로 반복하더라도 나누어진 삼각형들의 밑변의 길이와 높이의 합은 그림에서 빨간 부분으로 변하지 않고 2가 되지.

그런데 이 과정을 무한이 반복하면 무수히 많은 직각삼각형들의 밑변의 길이와 높이의 합은 원래의 직각삼각형의 빗변의 길이와 일치할 수 있을까? 직관적으로는 직각삼각형을 만들수록 $\sqrt{2}$가 될 것 같아 보이지만 사실 $\sqrt{2}$가 되지 않는 점점 멀어지는 무한의 예라고 볼 수 있어. 우리의 직관이 얼마나 일관성을 갖기 어려운지 느껴지니?

원의 넓이를 구하는 공식에서 점점 다가가는 무한의 예를 찾을 수 있어. 원을 4등분, 8등분…과 같이 2^n등분하여 그림과 같이 서로 교차적으로 붙이고, n을 점점 더 크게 하면 결국 잘라 붙인 부채꼴의 호의 길이는 언젠가는 직선이 될까? 가로의 길이는 πr, 세로의 길이 가 반지름의 길이 r과 같은 직사각형에 한없이 가까워지잖아. 즉 원 의 넓이가 직사각형의 넓이와 같아진다는 거야.

여기서 무한 번 잘라서 부채꼴을 붙이면 원을 직사각형으로 바 꿀 수 있을까? 가로의 길이는 원의 원주의 반인 πr을 그대로 사용하 고 세로의 길이 r이므로 넓이는 πr^2이야. 이때 가로의 길이가 πr인 이 유는 원주의 절반이기 때문이야. 이것도 우리의 직관이 무한과 만나 는 예야. 한 마디로 직관대로 부채꼴을 자르면 자를수록 이 부채꼴 이 삼각형에 가까워지는 예시라고 볼 수 있어! 즉 점점 가까워지는 무한의 예라 할 수 있는 거지! 신기하지?

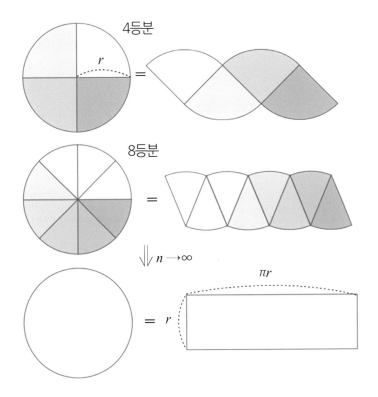

4등분

8등분

$n \to \infty$

πr

앞에서 살펴보았던 것처럼 가장 객관적이라고 생각되는 학문인 수학에서조차 우리의 직관은 믿을 수 없을 때도 있었어.

수열이 일정한 값에 한없이 가까워지면, '수렴한다'고 해. 그런데 '한없이 가까워진다'와 같은 표현은 직관에 의존하고 있어. 직관을 수열의 합으로 나타내어 실제로 왜 한없이 다가갔을 때 그 값이 일정하게 나오는지 증명해 볼 거야.

그 발단은 오일러야.

수열의 합인 $\frac{1}{1} + \frac{1}{2} + \frac{1}{6} + \frac{1}{12} + \frac{1}{20} + \frac{1}{30} \cdots$의 값은 얼마일까?

$$\frac{1}{1} + \frac{1}{2} + \frac{1}{6} + \frac{1}{12} + \frac{1}{20} + \frac{1}{30} \cdots\cdots$$

$$= \frac{1}{1} + \frac{1}{1\times2} + \frac{1}{2\times3} + \frac{1}{3\times4} + \frac{1}{4\times5} + \frac{1}{5\times6} \cdots\cdots$$

$$= \frac{1}{1} + \left(\frac{1}{1} - \frac{1}{2}\right) + \left(\frac{1}{2} - \frac{1}{3}\right) + \left(\frac{1}{3} - \frac{1}{4}\right) + \left(\frac{1}{4} - \frac{1}{5}\right) + \left(\frac{1}{5} - \frac{1}{6}\right) \cdots\cdots$$

저것 봐! 위의 식에서 계속 어떤 값을 더하기 때문에 눈으로 보기에는 계속 커지고 있는 것 같지? 그런데 사실은 커지는게 아니라 영원히 없어져서 2만 남는 사기극을 하고 있었던 거야!

오일러는 보시다시피 부분분수를 이용하여 저 무한한 끝없는 더하기의 답이 2라는 것을 증명했어! 비슷한 예를 하나 더 살펴보자.

그렇다면 $\frac{1}{5} + \left(\frac{1}{5}\right)^2 + \left(\frac{1}{5}\right)^3 + \cdots\cdots$ 은 얼마일까?

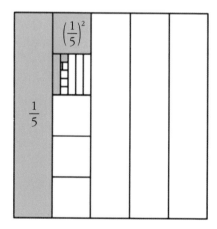

식을 계산하지 않고 그림으로도 확인할 수 있어.

그림을 잘 보면 수렴할 것 같지 않니? 사실 이 값은 $\frac{1}{4}$ 이라고 해.

그런데 우리는 이런 직관의 배신에 대해 관심도 없고 그러니 잘 알지 못해. 설상 알더라도 직관에 대해 너무 관대하지. 어떠한 의문도 가지지 않고 말이야. 이것이 진정 수학적 재능이 있다고 할 수 있을까? 수학을 잘한다고 할 수 있을까? 점수에 의하여 서열화 시키고 상위 클래스에 있는 학생들이 진정 수학적 두뇌를 가진 학생일까? 수학을 좋아하는 학생일까? 다시 한번 고민되어야 할 문제야.

앞서 수학자들이 편견을 깨뜨리면서 수학 문제를 해결하는 것은 어떨까? 그리고 수학적 개념을 다시 의심하고, 끝없이 의심하자. 그 의심은 우리에게 다른 세상의 길을 열어 줄 거야. 또한 이 직관적으로 풀 수 없는 수학이야말로 우리가 풀었을 때 마주쳤을 때 가치를 가지는 수학적 추론일 거야.

이제 흥미가 생기지? 이 무한의 직관을 우리 함께 즐겨볼래? 이상 직관으로 풀 수 없는 수학이었어.

그림 속의 무한

김진하

너는 무한이 그림 속에 있다고 생각해 본 적이 있니? 무한에 대해 깊게 생각해 보지 않은 사람들은 이런 질문을 받으면 황당해할 거야. 왜냐하면 '어떻게 무한과 미술을 연관 지어?'라는 생각을 할 가능성이 높거든. 나는 무한을 그림이나 기호에 연관 지어 생각해 봤어. 내가 무한을 그림이나 기호로 알아볼 때는 흥미가 생기고 그래서 이해가 좀 더 잘되었던 것 같아. 그러니 무한을 그림으로 알아본다면 더 이해하기 쉬울 거라고 생각해.

먼저 그림 속의 무한을 들어가기 전에 무한대 기호에 관해 간단하게 설명하려 해. 무한대는 계속 커지는 상태를 의미하고 기호로는 '∞'와 같이 나타내. 몇몇 사람들은 저 기호가 '뫼비우스의 띠'에서 가져왔다고 생각하는 사람들이 있는데 이 기호는 1000을 뜻하는 고대 로마 숫자인 CD에서 유래한 것으로 대체로 알려져 있지만 나는 사람들이 이렇게 오해할 만하다고 생각해.

그림을 한 번 봐봐. 나라도 믿을 것 같아. 하지만 뫼비우스의 띠는 입체적으로 보면 무한대 기호와 완전히 다르지?

우리는 여기서 의문점을 가져야 해. 어떻게 2차원이 입체적으로 보일 수 있을까? 에셔의 그림에서 입체적인 뫼비우스의 띠 위에 개미가 계속 같은 곳을 반복하며 무한이 돌고 있지? 분명 평면에 그려진 띠가 무한히 반복하는 것에 무한이 숨겨져 있는 게 아닐까?

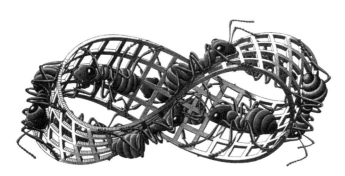

에셔의 '뫼비우스의 띠 2'

이제부터 무한대 기호처럼 '무한'을 그림 속에서 알아볼 거야. 나는 무한을 알려면 그림의 변화 과정을 잘 알고 있어야 한다고 생각해. 그림 속에 명확하게 드러난 무한을 살펴보자. 예를 들면 다음과 같은 그림들이야.

치마부에의 산도메니코 교회에 있는 '십자가 처형'

마사치오의 '성삼위일체'

두 그림의 차이가 보이니? 첫 번째 그림은 원근법이 적용되지 않았지만 두 번째 그림은 무한히 보이는 어둠이 있어. 우리는 여기서 '무한히'에 집중을 해볼 거야. 왜 저 그림이 무한히 있는 것처럼 보일까? 그림은 2차원에서 벗어날 수 없는데 어떻게 저렇게 입체적이고 실제로 보고 있는 것처럼 느껴질까? 우선 이것에 대해 알려면 원근법에 대해 알아야 해.

우선 오른쪽 그림에 대해 설명해 볼게. 저 그림은 15세기에 마사치오가 산타마리아 노벨라 성당에 그린 〈성삼위일체〉라는 그림인데 최초로 원근법으로 그려진 작품이야. 〈성삼위일체〉를 그린 마사치오는 저 거대한 사람 뒤로 보이는 어둠을 원근법으로 표현해 당시의 사람들이 보고 대부분 그림에 구멍이 나 있는 거냐면서 경악을 금치 못했다고 해. 이것이 원근법의 시작이었어. 이렇게 원근법이 사람들에게 알려지기 시작하고 점점 미술에 도입되기 시작해.

원근법이란 미술에서 사용되는 그림 기법이지만 사실은 기하학적 이론에 바탕을 둔 수학이라고 할 수 있어. 즉 3차원의 물체가 위치하는 공간과의 관계를 2차원적 평면에 묘사하는 기법을 말해. 이런 원근법의 사용은 불과 500년 정도 밖에 되지 않았다고 해.

호베마의 '미델하르니스의 가로수길'

이 작품은 네덜란드의 화가 호베마의 〈미델하르니스의 가로수길〉이라는 작품인데 이 그림은 원근법의 기초라고 많이 알려진 작품이야. 이 풍경화와 〈성삼위일체〉 모두 원근법으로 유명하지만 두 작품의 차이는 분명해. 〈성삼위일체〉가 원근법의 시초이긴 하지만 원근법이 명확하게 나타난 것이 바로 〈미델하르니스의 가로수길〉이야.

왜냐하면 이 풍경화는 나무들을 점으로 찍고 그 점들을 이으면

선이 생기는데 이 두 선이 만나는 점을 소실점으로 표현했거든. 소
실점이 원근법을 나타내는 도구인 거야.

출처 : EBS 제작팀 넘버스

　　보통 이렇게 그림을 그리는 것을 투영도법이라 하는데 이 가로수
길을 그린 방법은 중심 투영도법이라고 해.
　　여기서 재밌는 사실을 하나 알려줄까? 아까 원근법이 나온 지 500
년 정도밖에 되지 않았다고 했었지? 지금으로부터 500년 전은 르네
상스 시대야. 르네상스 시대는 1000년간 침체되었던 중세를 지나 문
화혁명이 시작되던 때지. 르네상스 문화혁명의 선두주자들은 이탈
리아의 인문학자와 화가들이야. 그 당시 화가들은 평면적인 그림을
벗어나려고 하였고 이때 수학자들의 유클리드 기하학 연구와 화가
들의 그림 연구가 딱 맞아 떨어지면서 원근법이 탄생하게 되었어. 유
클리드 기하학을 시각적으로 접근하면서 새로운 기하학인 사영기하
가 탄생하게 돼. 유클리드 기하학에서 두 직선은 절대 만나지 않아.

하지만 시각적으로 보는 사영기하에서는 꼭 한 점에서 만나게 돼. 평행한 두 직선을 멀리서 바라보는 것으로 직선이 사라지는 점 그것이 바로 소실점이야. 이렇게 멀리서 보면 사라지는 점을 화가들은 소실점이라 부르고 수학자들은 무한원점이라고 부르게 돼.

그림에서 평행한 선들이 쭉 이어져 있는데 우리의 눈으로는 만나는 것처럼 보이지. 바로 이것이 사영기하의 소실점이야.

이번에는 우리에게 익숙한 그림을 보자.

레오나르도 다빈치의 '최후의 만찬'

〈최후의 만찬〉이야. 너는 이 그림을 봤을 때 어떤 생각이 들었어? 잘 그렸다? 멋진 그림이다? 이런 생각이 들었니? 아마 대부분은 그렇지 않을 거야. 〈미델하르니스의 가로수길〉을 보고 난 후에 최후의 만찬을 보게 된다면 아마 원근법을 의식해 옆의 기둥이나 천장을 살피게 되었을 거야.

이번엔 색다른 그림에서 무한을 한번 찾아보자.

이 그림을 보고서는 어떤 생각이 들었니? 혹시 저 끝없는 곳에 빨려 들어갈 것 같은 기분이 들었니? 그렇다면 저 끝은 어디에 있고 저 끝엔 무엇이 있을까? 이 그림은 내 생각에 '무한' 그 자체야. 그림이 끝이 없는 거지. 이 그림을 보면 저 끝이 없어 보이는 구멍으로 빨려 들어갈 것 같은 기분이 들지? 이렇게 무한이 표현된 그림은 이것뿐만 아니라 훨씬 더 많이 있어. 원근법을 사용한 그림이라면 훨씬 더 무한에 관련이 있겠지.

옛날 사람들은 무한에 대해 이야기할 때 수학적으로만 생각했을 거야. 하지만 이 그림들을 보면 원근법으로 무한을 나타낼 수 있었어. 나는 우리가 무한을 단순히 수학적으로만 봐서는 안 된다고 생각해. 우리는 아직 무한에 대해 완벽히 알지 못해서 지금도 무한에 대해 논쟁을 벌이고 있을지도 몰라. 그렇기에 우리는 무한을 다른

관점에서도 바라봐야 한다고 생각해. 우리가 그림에서 무한을 찾아
낸 것처럼 그림이 아닌 다른 것에도 무한이 숨어 있을 거야. 그렇다
면 우리가 무한에 대한 인식을 바꿔 다른 것으로도 찾을 수 있도록
노력해 보는 건 어떨까?

무한 인식의
다양함

박정용

무한이라… 대부분의 사람들은 무한이 누군가에 의해 발명되고 만들어졌다고 생각해.

　　　'하지만 무한은 이미 존재해 있었고 어느 순간 무언가를
　　　　통해 알게 되고 인식하게 된 것은 아닐까?'

라고 생각한 적 있니? 발명이 아니라 발견이라고 생각하는 거 말이야. 지금부터 이미 우리 주변에 있었지만 인식하지 못하고 있었던 무한에 대해 알아볼까?

　이 시작의 제일 처음은 화가들이었어. 여기서는 2차원과 3차원의 관점에서 알아보도록 할게.

앞에서 말했던 17세기 네덜란드 화가 마인데르트 호베마의 '미델하르니스의 가로수길'은 원근법의 교과서적인 작품이고 이 작품엔 그림자법(시점과 물체의 모든 점을 맺는 방법)이 사용되었어. 원근법과 그림자법은 비슷해. 당시 많은 화가들이 이 방법을 사용해 3차원적인 공간을 2차원적인 평면에 옮기고 싶어했지.

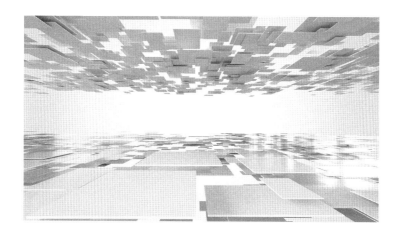

한 평면에 여러 물체들이 있을 때, 그 물체들의 한 점을 잡아 미지의 세계로 뻗어나가는 선을 그린다고 생각해 보면 선들이 만나는 점이 생길 거고 그것을 소실점이라고 했었던 거 기억나니? 이것은 2차원적인 평면에 공간의 입체감을 살리는 느낌을 주기 때문에 아주 중요해. 이렇게 그림은 한 평면에 그리는 것이니까 2차원적이어서 3차원을 표현할 수는 없으므로 만약 3차원으로 생각해 본다면 우리가 사는 공간과도 같아지니까 다양한 점, 선, 면들이 끝없이 펼쳐질 거고 무한으로 볼 수 있을 거야.

    뛰어난 수학자이자 화가였던 레오나르도 다빈치의 그림에서 우리가 보고 인식할 수 있는 무한은 예를 들면 머리카락이 있는 거 같아. 머리카락을 표현하기 위해 선을 연속해서 빈틈이 없도록 그을 수도 있고 색을 칠하는 도구로 사용하지 않았을까? 라고 생각이 돼. 이건 무한한 선들의 연속이라고 생각해. 또 뒤에 숲들은 아주 멀게 느껴지게 하기 위한 것이니까 우리가 거리감을 느끼게 하기 위해 아까 말한 소실점을 이용해 입체적으로 나타냈을 거야. 정확히 알 수 없는 거리는 나는 무한할 수 있다고 봐. 이처럼 그림을 보면서도 무한을 느껴지게 만든 것이 나는 정말로 신기하고 그림을 수학과도 연관지어 설명할 수 있는 것이 엄청난 사고라고 생각해.

미술에서의 화가들의 무한에 대한 인식, 이것은 무한을 이해하는 데 아주 중요한 발판이 되었을 거야. 하지만 사실 나는 당시 평범한 사람들은 미술 그림에서 무한을 인식하지 못했을 거 같아.

왜냐하면 2차원, 3차원 이런 말들은 지금 있을 뿐이고 소실점과 같은 무한한 선들의 연속을 알지는 못했기 때문이야. 또 화가가 아닌 사람들은 그림을 그리는 그런 방법과 세계를 이해하지 못해서 상상해 볼 수도 없었겠지. '무한하다'라는 말을 우리가 사실 그림으로 접한다는 건 사람들의 보는 시각과 사고의 차이가 있기 때문에 생각하는 것에 따라 연속적인 느낌을 갖게 한다던가, 그 시대 화가의 의도에 따라 잘못 담겨 있을 수도 있을 것 같아.

이제 미술이 아닌 수학에서 무한으로 들어가 볼까? 수학자들은 어떤 방법들을 사용해서 무한을 인식했는지 알아보자.

먼저 수직선을 보면 우리는 보통 수직선에 1씩 단위를 표시해서 정수의 위치를 표현하고 사용하고 있지만 여기에는 정수가 아닌 실수들도 모두 다 표현되어 있어. 무한히 많은 수들이 수직선에 모두 표현된다는 것이 놀랍지 않니?

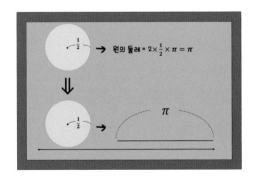

무한소수를 예를 들어 설명해 줄게. 그림과 같이 반지름이 $\frac{1}{2}$인 원이 있다면 그 둘레는 $2 \times \frac{1}{2} \times \pi = \pi$ 겠지?

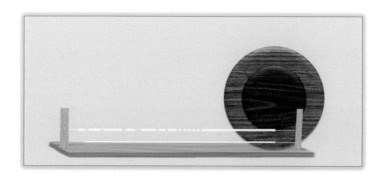

이 원을 수직선 위에 올려둔다면 원점에 원을 두고, 오른쪽으로 한 바퀴 굴리면 그 길이는 π가 돼. 그렇다면 한바퀴를 굴려서 나타낸 점은 수직선에서 무한소수를 나타낸 거야.

이렇게 무한소수 또한 수직선에 나타낼 수 있다니… 그렇다면 다른 실수들도 나타낼 수 있을 거고, 그러면 모든 소수점의 끝이 없는 수들도 표현할 할 수 있어.

그렇다면 수에 관한 무한은 무엇일까? 예를 들어

'자연수 1, 2, 3, 4, 5,… 중에서 가장 마지막 수는 무엇일까?',
'$\frac{1}{7}$은 소수점 아래 몇째 자리에서 끝날까?'

무한에 대한 인식이 없을 때 무한에 관련된 수의 문제를 풀기는 어려웠을 거야. 지금은 어떻게 풀 수 있을까? 마지막 자연수는 말할 수 없으므로 이를 자연수 집합으로 표현하거나 무한수열이라고 표현하기도 해. $\frac{1}{7}$은 소수점 아래의 수 142857이 반복되니까 이를 순환소수로 표현하고 있지.

우리가 흔히 볼 수 있는 2차원 좌표평면이 무한과 어떤 관련이 있을까? 보이는 게 다가 아니란 말이 있잖아. 좌표평면은 수가 끝없이 이어져서 무한대의 숫자까지 이르게 돼.

또 수직선처럼 정수가 아닌 실수들의 순서쌍들이 아주 많이 존재하고 있어. 우리는 좌표평면을 축과 축을 그릴 때 수를 일부만 나타내지만 그 끝은 알 수 없잖니?

그렇다면 지금까지 수직선에 실수를 표현할 수 있다고 했는데 복소수는 어떻게 표현할 수 있을까? 복소수는 2차원 좌표평면으로 나타낼 수 없다고 배우지만 나타낼 수 있는 다른 방법을 지금부터 살펴볼게.

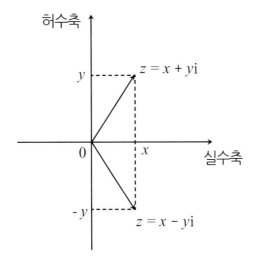

복소수란 실수와 허수의 합으로 이루어진 수를 말하는데 솔직히 나는 '허수를 좌표평면에 어떻게 나타내지?'라는 생각이 가장 먼저 들었어. 알고 보니 x축은 실수부분, y축은 허수부분을 나타내더라고. 이 좌표평면은 복소수를 기하학적으로 표현하기 위해 개발되었고 실수축과 허수축에 대응된 형태를 나타내고 있지. 원점에서 z까지의 거리는 복소수 z의 절댓값이고 복소수를 실수부와 허수부로 이뤄진 하나의 순서쌍과도 대응할 수 있어. 그러므로 복소수 역시 좌표평면의 한 점이 되는 거지. 복소수 $a + bi$에서 a(실수부)는 x축에 b(허수부)는 y축에 해당되므로 너희들도 쉽게 구할 수 있어. 그리고 하나 재미있는 사실은 $a + bi$에 i만 곱하면 원래의 식과 원점에 대칭되는 선이 그려져 우리가 원래 알고 있던 일차식을 원점과 대칭되게 만들려면 x, y값의 부호를 모두 바꾸는 것인데 이것은 복소수 식에선 i를 곱하는 것과 같아. 나는 복소수를 좌표평면에 나타내니까 실수뿐만 아니라 허수까지 범위가 늘어나서 무언가 더 무한에 가까워지는 느낌이 들었어.

교과서에서
무한의 쓰임

박건

우리는 유한의 세계에서 살고 있죠. 자원은 한정적이고 동식물도 한정적입니다. 하지만 현실과 다르게 우리는 무한의 삶을 꿈꾸고 있습니다. 우주, 영화 어벤져스 인피니티 워, 뫼비우스의 띠, 게임 등등 무한에 대한 호기심이 정말 많습니다.

　그런데 우리는 무한에 대해서 누군가에게 정확하게 설명하긴 힘듭니다. 그 이유는 유한의 세계에서 보았을 때는 그것을 실행한 적이 없기 때문이죠. 하지만 무한의 세계에서 볼 때는 수학이 무한을 실행한다는 사실! 그 무한의 세계로 여러분을 초대합니다.

　여기에서는 고등학교 2학년 수열과 적분 부분을 중심으로 교과서에 쓰인 무한을 써 보았습니다.

안녕? 수학에서 무한을 쉽게 알려주기 위해 초대했어. 그 중에서 수열과 적분이 어렵다고 볼 수 있지만 그 부분을 쉽게 이해하도록 설명해 볼게.

수열 관점

(1) 수열이란?

초등학생들에게 "1, 2, 3, 4, 5, … 이 뭐죠?"라고 물어보면 "숫자요."라고 말하거나 물어본 의도를 고민할 거야.

하지만 수열의 관점에서 고2 학생들은 첫째 항이 1이고 +1씩 증가하는 수열이라고 말할 것 같아. 수열을 배우지 않는 학생들이라면 "아무 숫자나 순서대로 그냥 나열해도 수열입니까?"라고 질문하는 학생이 있을 건데, 고1 학생들이 답을 하기가 힘들 거야. 왜냐하면 초등학교, 중학교 때 수열에 대해서 배운 적이 없기 때문이야. 그래서 이 책을 통해서 처음 수열에 대해 접해 본 학생이라면 내용이 더 재미있을 거야. 그래서 지금부터 수열이 무엇인지 설명할게.

수열이란 3, 6, 9, 12, … 이나 2, 4, 6, 8, … 과 같이 차례로 나열된 수의 열을 수열이라고 해. 나열된 각 수들을 수열의 항이라고 하지.

(2) 수열의 일반항

수열은 그 상태를 나타내기 위해서 항에 번호를 붙이는데 (나열된 수가 항이 되므로) $a_1, a_2, a_3, a_4.$ …와 같이 나타내고, 첫째 항은 a_1 둘째 항을 a_2라 하고 특히, n번째 항 a_n을 이 수열의 일반항이라고 해.

이때 수열의 일반항이란 특정되지 않은 일반적인 항이라는 뜻이야. 특정되지 않았다고 할 때라고 하는 말은 우리가 보통 자신이 정작 모를 때 말하는 거잖아? 그 뜻은 경우의 수가 많다는 거야. 즉 무한의 개념과 접점이 있지 않을까?

여기까지 이해가 잘 되었니? 이해가 잘 안 되어도 괜찮아. 내가 처음 고2 때 이걸 처음 배울 때도 이해하기 힘들었어. 수열은 여러 가지 종류가 있는데 그중에서 등차수열과 등비수열에 대해 한번 알아보자.

(3) 등차수열의 일반항과 특징

첫째 항부터 차례로 일정한 수를 더해 만들어지는 수열을 등차수열이라 하고 그 일정한 수를 공차 라고 해.

쉽게 말하면 1, 3, 5, 7, …처럼 규칙적으로 일정하게 2씩 더해서 만들어지는 수열을 등차수열이라 하고, 여기서 공차는 2가 돼.

그리고 첫째 항이 a_1(1을 생략해서 a라고 표현함), 공차가 d인 등차수열의 일반항 a_n은 $a_n = a + (n-1)d$ ($n=1, 2, 3\cdots$)이야.

등차수열의 특징은 일반항 a_n이 n에 대한 일차식으로 나타낼 수 있어. $a_n = An + B$ (A, B는 상수, $n = 1, 2, 3\cdots$)의 꼴이야.

(4) 등비수열의 일반항과 특징

등비수열은 일정한 수를 곱해 만들어지는 수열이야. 등차수열에 공차가 있듯 등비수열에는 공비가 있어. 이때 등비수열의 점화식은

$$a_{n+1} = ra_n \text{ 즉}, r = \frac{a_{n+1}}{a_n} \ (n = 1, 2, 3 \cdots)\text{이야}.$$

　　n이 ∞로 한없이 커지므로 이 수열은 항이 무수히 많은 무한 등비수열이 되지. 즉 수열은 이미 무한을 담고 있다고 볼 수 있어. 고 2 때 수열에 대해서 배우면 바로 무한이 나오니 머리가 어지러울 거야. 그래서 준비 했어. 이해하기 쉽게 그림으로 말이야. 무한으로 나타낼 수 있는 재미있는 수열의 예가 두가지가 있는데 한번 볼래?

　　1. 프랙털 : 프랙털은 기하학 연구 분야 중 하나로서, 자기 유사성을 갖는 기하학적 구조를 뜻해. 쉽게 말하면 어떤 도형의 작은 일부를 확대해 봤을 때 그 도형의 전체 모습이 똑같이 반복되는 도형에 관한 연구야.

　　시어핀스키 삼각형은 폴란드의 수학자 바츨라프 시어핀 스키 (Waclaw Sierpinski; 1882-1969)가 창작한 프랙털이야.

시어핀스키 삼각형은 무한수열을 표현했다고 할 수 있어. 시어핀스키 삼각형 속에 수열의 규칙을 설명할게. 다음 그림을 한번 보자.

[1단계]   [2단계]   [3단계]

1단계: 정삼각형에서 정확히 4 등분한 삼각형 중 하나를 없애보자. 즉 그림과 같이 정삼각형이 3개가 되지.

2단계: 남은 3등분의 정삼각형에 대하여 1단계와 같이 해보자. 즉 그림과 같이 정삼각형이 9개가 되지.

3단계: 2단계에서 1단계와 같이 해보자. 즉 그림과 같이 정삼각형이 27개가 되지.

정삼각형들의 총 넓이를 식으로 나타내면 다음과 같아.

단계	정삼각형의 개수	한 정삼각형의 넓이	정삼각형들의 총 넓이
0	1	$\dfrac{\sqrt{3}}{4}$	$\dfrac{\sqrt{3}}{4}$
1	3	$\dfrac{\sqrt{3}}{4} \cdot \dfrac{1}{4}$	$\dfrac{\sqrt{3}}{4} \cdot \dfrac{3}{4}$
2	3^2	$\dfrac{\sqrt{3}}{4} \cdot \left(\dfrac{1}{4}\right)^2$	$\dfrac{\sqrt{3}}{4} \cdot \left(\dfrac{3}{4}\right)^2$
3	3^3	$\dfrac{\sqrt{3}}{4} \cdot \left(\dfrac{1}{4}\right)^3$	$\dfrac{\sqrt{3}}{4} \cdot \left(\dfrac{3}{4}\right)^3$
$\vdots$			
n	3^n	$\dfrac{\sqrt{3}}{4} \cdot \left(\dfrac{1}{4}\right)^n$	$\dfrac{\sqrt{3}}{4} \cdot \left(\dfrac{3}{4}\right)^n$

결국 단계적으로 나타내면 첫째 항이 $\frac{\sqrt{3}}{4}$으로 나오고, 공비 $\frac{3}{4}$이 나올 거야. 따라서 이러한 단계를 무한히 거듭한다면, 정삼각형의 개수는 무한히 많아져. 하지만 정삼각형들의 넓이의 합은 가장 큰 정삼각형 내부에 존재하므로 어떤 수에 수렴하게 돼지. 이는 정삼각형의 개수는 무한대로 발산하지만 그 넓이의 합은 일정하게 수렴하는 예가 돼.

2. 종이 : 종이에도 숨겨진 무한이 있어. B0용지에서 B6용지까지 그 길이는 $\frac{1}{2}$씩 줄어드는 등비수열이야.

여기서도 무한을 발견할 수 있어. 용지가 똑같이 줄어드는 것은 닮은꼴이라고 할 수 있지. 이게 무한이 아니라고 생각하겠지만 닮은 형태로 줄어드는 것이기 때문에 끝없이 종이가 잘리겠지. 여기서 닮은꼴이란 반으로 자르는 과정에서 만들어지는 종이 용지를 남김없이 사용하기 위해서 프랙털의 원리를 사용한 것이지. 용지를 절반으로 자르고 또다시 절반으로 자른 용지들이 전지의 규격과 같아지도록 한거지. 그것도 무한히 말이야.

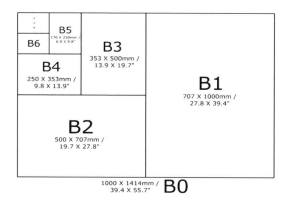

적분 관점

〈그림 1〉은 일정한 범위에서 그래프와 x축 사이의 넓이를 나타낸 것이야. 그런데 넓이에도 무한이 숨겨져 있다면 너는 믿을 수 있니? 〈그림 1〉 왼쪽의 그래프에서 노란 부분의 넓이는 우리가 알고 있는 넓이 공식으로는 구할 수가 없어. 하지만 오른쪽 그래프의 넓이는 긴 직사각형으로 쪼개져 있어서 우리가 알고 있던 공식은 이용할 수 있겠지? 이런 식으로 하면 공식이 없는 것도 수많은 사각형과 삼각형을 쪼개서 넓이를 구할 수가 있는 것이야.

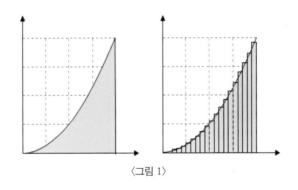

〈그림 1〉

이러한 원리는 〈그림 2〉에서도 나타나. 그림을 자세히 보면, 원을 수많은 삼각형으로 쪼갠 다음 원의 반을 아래로 두고 남은 반을 위로 겹쳐서 두면 평행사변형의 모양처럼 보여. 더 잘게 쪼개면 마치 직사각형처럼 보이기 때문에 넓이가 πr^2이 되지.

이처럼 원의 넓이 같은 경우에도 우리의 눈에 '어, 저건 직사각형이야.'라고 생각하면 쉽게 계산할 수 있지. 이렇게 원의 넓이를 구하는 과정도 마치 착시현상처럼 직사각형으로 보여.

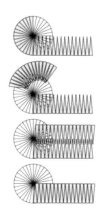

〈그림 2〉

  원처럼 곡선으로 이루어진 도형들은 수많은 사각형이나 삼각형으로 만들 수 있어. 꼭 눈속임 같지 않니? 하지만 이런 생각이 없었더라면 무한에 대해서 우리는 쉽게 설명할 수 있었을까? 나는 절대 쉽게 설명할 수 없다고 봐.

  그런데 이런 생각을 아주 오래 전에 한 수학자가 있었어. 그는 바로 아르키메데스야. 아르키메데스는 전설의 고대 수학자로 기원전 287년 시칠리아의 시라쿠사에서 천문학자의 아들로 태어났어. 젊은 시절부터 절묘한 기술력의 발명품을 선보였는데 이집트에 유학해 있던 중에 나선의 원리를 응용해 나선식 펌프를 발명했어.

  그는 원의 지름과 원주의 길이를 직접 비교하는 방법이 아닌 수학적인 증명으로 원주율의 근사치를 최초로 계산하였으며 그가 발견한 구분구적법은 '적분의 시초'가 되었어.

  이런 적분 관점에서의 무한은 실생활에서도 많이 쓰이고 있어. 예를 들면 돔은 둥글고 완만한 지붕을 가진 반구형의 건축 구조물로

서구에서 즐겨 사용하였으며, 성당이나 궁전, 국회의사당 등 격식이 높은 건축물에 많이 사용되었어. 현대에는 넓고 높은 공간을 만들기 유리해서 대부분의 실내경기장이 이 형식을 취하고 있어.

그런데 그 돔 구조에 수학적 무한이 있었다면 믿을 수 있겠어? 나도 처음 알았어.

출처 : 위키백과 지오데식 돔

모양은 구처럼 보여. 마치 앞에서 원처럼 구의 표면을 잘 보면 저 삼각형들이 모여서 표면을 이루고 이것들을 이으면 역시나 직사각형이 나올 것 같지 않니?

교과서에서 무한의 쓰임을 수열 관점, 적분 관점으로 나누어 보니까 무한에 대해서 흥미가 생기는 것 같니?

무한은 태초부터 존재했지만 우리는 태초부터 유한만을 고집했어. 그러다 시간이 지나고 사람들이 무한을 알게 되었을 땐 무한이 탄생했다고 생각하지만 그게 아니야. 우리는 무한과 유한을 공존하면서 살고 있어. 수학에서도 중학교 때 까지는 무한에 대해 구체적으로 생각해 보지 않았지? 고등학교에서 갑자기 무한에 대해 생각해 보면서 수학을 포기하는 사람도 있어. 그런데 무한이 어려운 게 아니고 우리가 무한을 모르고 있었던 거야. 우리가 무한을 계속 유한으로 바라봐서 우리의 머리가 혼란스러운 거지. 그래서 우리도 유한의 관점을 확장해 무한의 관점으로 계속 보려고 노력해 보면 좋겠어.

우리가 사소한 것들이라도 유한이 아닌 무한으로 생각하면 무한의 대한 이해 즉 수학에 대한 경계심이 조금이라도 풀어 질 거야. 우리는 할 수 있어. '나는 수학을 못하겠어', '나는 뭐든 안 될 거야' 이런 생각을 하지 말자. 수학을 단지 유한으로 밖에 생각을 할 수 밖에 없어서 그런 것이라는 걸 알았으면 좋겠어. 이 책을 통해서 수학을 포기하지 말고 수학을 잘할 수 있다는 자신감이 생기길 바랄게.

2020년
'수학하는 뇌'
사진 기록 및 후기

우병영 교장선생님과 함께(2020.11.11.)

우리에게는 계획이 다 있다.
We've got a plan.

영화 〈기생충〉 중에서

2020. 9. 23

2020. 9. 23

2020. 7. 15

2020. 10. 6

2020. 9. 9

2020. 9. 16

2020. 10. 27

2020. 7. 21

2020. 10. 8

2020. 10. 8

목차 정하기

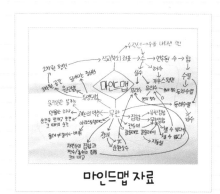

무한으로 들어가기

마인드맵 자료

쓰기 자료

1-8.4. 김세희

　수학에 관련된 책을 읽고 자기 생각을 말하고 직접 수학 관련 도서를 써봄으로써 많은 것들을 배울 수 있었다. 처음 활동할 때는 내가 과연 책을 잘 쓸 수 있을까 하는 고민도 들었지만, 막상 책을 쓸 때는 내가 이 책을 완성할 수 있을까 하는 생각이 많이 들었다. 수학 관련 도서를 쓰기 위해 수학 관련 도서를 읽었는데. 내가 고른 책은 <넘버스>였다. 내 마음에 와닿는 구성이면서도 다양한 궁금증과 호기심을 불러일으켰기 때문이다. 예전에도 수학을 좋아해서 수학 관련 소설이나 영상들을 즐겨 보기도 했는데 그때의 기억을 상기시키며 읽으니 새삼 내가 수학에 관한 관심은 여전하다는 것을 깨달았다. 책을 읽다 보면 깊이 생각하고 고민해봐야 하고 이해가 안 되는 내용이 자주 등장했는데, 뒤에 간단하게 설명이 되어있고 내가 한 번 더 도전해서 풀어보고 곱씹어봄으로써 해결이 될 때는 정말 기뻤다. 특히나 학교 수학 학습지에 책 내용이 가끔 등장할 때는 반가운 마음도 들고 이미 알고 있는 내용을 한 번 더 복습한 기분이 들어 뿌듯했다. 하지만, 여전히 "왜 안 되는 거지?" 하는 의문이 드는 문제가 있다. 이런 문제들은 내가 직접 찾아보거나 풀어보고 싶다.

　책을 읽고 직접 책을 써보기 위해서 지금까지 읽은 내용을 마인드맵에 키워드로 정리하고. 또 연관된 키워드끼리 연결을 해보는 활동을 해보았다. 이 활동은 내가 혼자 책을 쓸 때 전체적인 흐름을 생각하고 쓰는 것과 비슷하면서도 달라서 색다른 기분이 들었다. 내가 직접 써보고 싶은 내용을 골라서 자료를 조사하고 써보는 활동은 정말 힘들었다. 그동안은 내가 창작해서 마음대로 써도 괜찮았지만, 이번에 쓰는 책은 실제 역사를 바탕으로 두고 있어 더더욱 쓰기 힘들었던 것 같다. 자료는 있지만 이해가 안 되는 부분도 있었고, 일단 그대로 가져오는 일도 있었고 내 생각을 뒤죽박죽 써넣는 일이 다수였다. 책의 편집장 일을 겸하고 있어서 팀원들이 마감기한을 잊지 않도록 한두 시간 전에 독촉도 해보고 갠톡에 찾아가 덜 했어도 괜찮으니 파일 좀 달라고 부탁했던 일도 많았다. 두 친구와는 통화하면서 내용을 썼고, 결국 많은 내용이 삭제되고 편집돼서 날아가 버렸다. 선생님들과 20분 동안의 통화를 하며 수정을 하고, 결국 아예 갈아 엎어버리는 상황까지도 왔을 때는 정말 힘들었다. 하지만, ppt를 통해 내가 쓸 내용을 정리해서 발표할 때는 신박한 아이디어를 낸 나 자신이 너무 뿌듯했다. 막상 쓸 때는 내가 왜 이런 내용을 생각해낸 건지 후회하고 자신을 탓하면서 어떻게든 썼는데 정작 다 쓰고 보니 잘 썼다는 생각이 들었다. 칸토어와 갈릴레오를 비교하고 그 둘이 동시대의 인물이라면 어땠을지 써보는 일을 누가 해봤을까. 인제 와서 느끼지만 나 자신이 정말 대견스러웠다. 게다가 실제 역사적인 자료를 쓰면서도 내 의견과 생각을 꽤 많이 적은 부분에서도 잘했다는 생각이 들었다. 그동안의 활동에 대해 말하자면 할 말이 많지만, 이상하게도 글로 써지지 않는다. 하지만 지금껏 해온 활동이 힘들었던 반면, 선생님들께서도 내게 해보겠냐고 물어봐 주시고 내가 일단 해볼게요라고 답하는 상황들을 생각하며 어떻게든 결과물을 냈다는 점이 대단하다.

우리는 '수학하는 뇌' 동아리에서 무한에 관한 책쓰기를 오랜시간에 걸쳐 출전을 완료하였다.

'수학하는 뇌' 동아리의 첫 시작은 어색한 만남으로 시작하였다. 처음 보는 형들과 같은 학년 친구들이 전부여서 처음에는 모두 어색하고 편하긴 않았던 것 같다. 하지만 점차 오랜시간을 같이 동아리활동을 하다보니 완전 편해지진 아니까메 어색함은 처음보다는 많이 풀렸다. 비록 첫시작은 어색한 만남이었지만 우리의 동아리 활동은 이제부터 시작이였다. 처음 내가 이 동아리 '수학하는 뇌'를 선택하게된 계기는 그렇다 해서 동아리 줄게를 원한 친구 없었고, 담임 선생님께서 운영하시기도 하였고, 무엇보다 내가 수학을 과목 중에서 가장 잘하고 관심이 있었기 때문이다.

나는 수학에 대해 문제 푸는 것만 빠르고 강하지 수학이 대하여 글을 쓰거나 설명을 하는 것은 잘 하지 못하였다. 그래서 정막로 처음에는 모순했었고 이야기 나누는 것부터 시작하니 '아... 를 잘하겠다' 라는 생각을 느끼도 하였다. '수학하는 뇌 동아리 선생님께서 수학 책을 읽고 책에 대한 책을 쓰기 라는 설명이 있었지만 나는 처음에 '이거... 괜찮겠니?' 라며 대수롭지 않게 넘겼다. 그런 생각들을 하였지만 '그래도 뭐, 이번기회에 되냈보자' 며 쉽게 끌고 해봤자 하였다. 못할 것 같더군 됐지만 그래도 주변을 늘려서 같이 보는 친구를 하고도 예기나 운동활동을 할 수 있어 있었어 그리고 력량이 있어서 더욱 그랬다. 오랜시간이지나 하고 동러 시간이 도달하여 책을 써주었고 꼭같지 아닌 일끼리서 책을 써서 했으니 말이다.

처음부터 무한에 대한 글을 쓰지는 않았다. 처음에는 동아리 부원들과 서로 얘기해보는 시간이었고 자금부터는 수학적 친편을 골라 그 책에 대하여 서면 의논하는 시간 이였다. 위 동아리는 총 2개의 책을 골랐는데 한권은 '수학의 역사', 다른 한권은 '넘버스'였다. 나는 '수학의 검속'이라는 책에 대하여 서면하고 자신이 고른 책에 대하여 글을 써보고 그 다음에는 이제 본격적으로 '무한'에 대하여 책을 써보았다. 처음 내가 맡은 부분은 '좌표계' 였다. 그러면 글을 처음 써보기도 하였고 '무한'에 대해 쓰려고 하니 쓰기 힘들었다. 그래서 좌표계가 무엇인지를 써서 넘겼다. 그러지만 우리가 쓰는 책의 주제가 '무한' 이라 다시 써야 했다. '무한'에 대한 내용이 거의 없었기 때문이다. 그래서 다시 쓴 내용은 '고기점에서 보는 무한' 이였다. 내 현재 고기에도 하고 무한이 관련 내용이 들어 있어서 써보려고 선택하였다. 먼저 언급 활용을 써보고 우리는 학교에서 자신의 주제에 대하여 의견을 쓰기 발표하였다. 친구 형들의 평가와 선생님들의 평가, 조언을 바탕으로 내용을 수정하여 다시 써보기로 하였다.

'고기점에서 보는 무한'에 대해 쓰니 다른 친구 형들과 겹친 내용이 깜빡찬 덕분에 없이 내용을 바꿔야만 했다. '고기점에서 보는 무한'이 다루는 주제에 관련 내용이 수직선, 수, 좌표평면, 함수 깊음 등 거부적인 내용들이라 겹치는 내용이 있었다. 바꾼 내용의 주제는 '수에서 발전하는 무한' 이였다. '수에서 발전한 무한'이라는 무한소수, 수직선 좌표평면에서의 무한에 대하여 다루었다. 이때까지 썼던 내용과 비슷하여 처음보다는 쓰기 편했지만 힘들거나 어려운 무한은 옆에 있었다. 글을 쓰면서 누구보다 힘들었던 사람은 바로 선생님들이였다. 선생님들은 평일 자신의 수업과 업무를 하면서도 동아리 글이 나가기 위해 누구보다 열심히 하신 분들이다. 글을 쓰지 않은 학생과 글이 잘 나오지 않은 학생들에게는 독촉을, 글을 써온 것 문제 부분이 있으면 수정을, 학생들의 글을 직접 고쳐주시나 읽어가며 수정, 조언 해주셨다. 늦게까지 작업하시고 연락 없이나 집중시키며 우리보다 글 쓰는데 더 힘들었던 분이 선생님이다. 선생님이 위보다 글쓰는데 대한 노력하였다. 수정은 인쇄된 부분을 가중, 삭제들이 있으면 채워나 채워지며 가중 조언하였다. 많은 과목 공들이고 이겨지며 글을 초성하였다.

우리는 오류 권이 나오지 않았던 적도 있었고 나왔지만 고쳐야할 내용이 있기도 하였고 또는 되나서 다시보고 수정하고 또 다시보고 수정했고를 반복하였다. 동아리 책을 출간 '수학의 역장' 그거이면 병법과 정보님이 그러서 책을 쓰는 것 수많은지, 이렇게나누는 무한의 적극 수학끼 대해 쓰는건 의미있다 등 우리 동아리게 책 쓰는데 원동력 정보와 철학 쓰게 위한 그런 수학수학을 쓰게 위한 방법을 알려주시고 하였다. 오늘 도움을 가주신 만든 우리라 11월에 책을 완성하였다. 책을 쓰는데 가장 원동시킨 선생님들입니다. 선생님들 감사하고 또 책이 잘 나오기 힘은 일에 대해 죄송합니다. 선생님들은 최고 수학 선생님들이합니다.

'수학하는 뇌' 동아리의 수학(수학)에 관한 책 쓰기를 마치며 위라는 있을 것 같습니다...

서민우

1학년. 2반   16번 서민우

'넘버스'라는 책을 읽으면서   책속의   내용을 가지고   모둠끼리 이야기 해 보면서
수학게 관한 이야기를   많이 할 수 있어 좋았다.   이후 '무한'이라는 주제를
삼아 마인드맵을 그려보는 시간을 가졌다.   마인드 맵을 그리라고 했을때 가지를 여러
개로 뻗으면서 생각을 해야 했는데   첫처럼 뻗는게 힘들었지만   하는센가   금방 채울수 있었다.
그러나 몇몇가지 오류가 생겼다. 그 이유는   현재 배우는 수학 단원이 아니 있기
때문이다.   그래서   선생님이 알려주신 새롭게 마인드맵을 그릴수 있었다.   그리고 나서
책을 쓰기 위해 자신이 원하는 부분은   생각하는 시간을 가졌고, 나는 이때
그런 마인드맵에서 '무한 + 무한'이라는 식이 딱   떠올라   무한의 연산에 대해 써 보면
좋겠다는 생각이 들어   선택하게 되었다.   그 뒤에 책을 쓰기 시작했고 무한의
뜻을 사전을 찾아 보았다. 그런다음 '무한 + 무한', '무한 - 무한', '무한 X 무한', '무한 ÷ 무한'을
무한의 뜻을 가지고 언어적으로 적어볼까 싶어 적게 되었다. 그렇게 적고 나서 생각해 보니
나는 분명 수학 책을 쓰는 중인데 왜 철학책을 쓰는 느낌이지? 라는 의문이 들기
시작하고 책쓰는 것을 멈췄다. 그 후 '박병하' 작가님을 만나고 무한과 관련한
여러 이야기를 들었다. 그리고   작가 5등번 상각형의 넷번 떡씰라,   ⊕ = △△△
                                                                 NVV

이 회로것 등을 듣고 선택했다. '박병하' 작가의 여러 구름같은 이야기들을 내 온와 마리가 따르는 한
끌기려고 했다. 분명 인젠가는 도움이 될것 같았기 때문이다. 그리고 선생님의 강의가 끝나고
시간이 거의 다 여알았지만 반드시 왜내가 쓰는 부분에 관해 질문을 해 보아야 했다. 수학적
체계가 반드시 필요했기 때문이다. 그라하여 선생님의 답변을 보약 절해서 두어 도움이 되었다.
그리고 오스으잇으로 내가 쓰고 싶은 내용을 생각나는 대로 적어 둔 다음,
관련 있는 것 끼리 베열해 보았다. 그래서 이전했과 비교해 한결 더 나아가게 되었다.
점차 글쓰기 시간이 다가오고 뭔가에서 부자연 스런 점들이 나와 수정이 필요해,
나를 포함한 다섯명이 새롭게 수정을 했다. 수정한 뒤기를 토대로 1개쌋정해 자기가
쓸 내용을 , PPT를 만들어와 발표하는 시간을 가졌다.   난   PPT 내용에서

113

내 글의 흐름을 옵션 포스팅 배열 순서를 참고하여 내용을 정리하였고 발표했다. 그리고 선생님들이 오류와 보충할 내용을 집어 주었다. 그중 (무한)×(무한)을 어떻게 하냐고 질문하였고 결론에 다가 횟수 무한 질문과 ~~횟수~~ 무한 질문을 쓰었다. 나는 '박병하' 작가의 대답중 점점 공선을 점 꽤꽤 빼빼해 작은 자는 모습이 기억이 났고 나 또한 (1,2), (1,1) ... 와 같이 칠판에다가 적었다. 그러나 끝없는 한없이 나아가는 상태라고 말씀해 주었고 연산을 할때 '수'가 '집합' 두가지로 해보면 좋겠다는 답변을 받아 오류가 됐었던것 같다. 본격적으로 이전글을 찢어고 새로쓰기 시작했다. 서론쓰는 도중에 $\infty + \infty$, $\infty \times \infty$ 까지는 어째저째 쓸수 있었다. 그러나 $\infty - \infty$, $\frac{\infty}{\infty}$ 에서 막히기 시작했다. '박병하' 작가 께서는 $\infty + \infty$을 증명하면 $\infty - \infty$는, $\infty \times \infty$을 증명하면 $\frac{\infty}{\infty}$ 은 자연스럽게 알 수 있다고 하였음 그 당시에는 '응~ 그렇구나' 라고 생각했지만 막상 지금은 왠지 감이 세내로 오지 않았다. 그리고 어째서 틀었던건지 기억이 나지 않지만 $\infty - \infty$과 $\frac{\infty}{\infty}$ 는 상황에 따라 달라질수 있다는 것이 기억이나 그 상황이 어떤 상황 인가 한참을 고민하기 시작했다. 그때 기억난것이 무한으로 글이 있다는 '넘버스' 의 책 내용을 토대로 유추하기 시작했다. 그러다 언뜻 평범한 1학년 아이들중 1명을 붙잡고 $\infty - \infty$, $\frac{\infty}{\infty}$ 을 울린다면 무엇이라고 대답할지 궁금증이 들어 물었다. 모두 'o' 이라고 대답했고 이를 ㅎ 가지고 이야기를 풀어가면 좋을것만 같은 생각이 들었다. 참고 조사도 해보면 훨 다른 좋은 내용을 찾아 내 이야기에 녹이면 좋을것 같아 네이버에 뭔 무한이라고 검색해보았다. 신기하게도 수학관련 내용이 전혀 나오지 않았다.

그러다가 큰맘 먹고 검색을 해 보니 여러 무한 관련 외국 논문과 토론 내용들이 적혀있었다. 비록 영어가 능통하진 않지만 구글 영어 공부 짬밥을 이용해 이해했다. 그 내용들을 토대로 내 나머지 글을 채울수 있었다. 내 글이 선생님들의 검토과정으로 넘어가고 동아리 부원들의 모든 이야기를 선생님께서 복사해 주어서 목차를 또다시 논의하게 되었다. 그때 세희와 중간 쉬는시간에 만나 이야기하고 정해 카톡으로 알려주었다. ~~옥여 부원~~ 선생님께서 공지하신 규격에 맞는 학생이 거의 없었다. 그래서 내가 모든 이야기를 합쳐 목차와, 중결 포함, 문단

1학년 2반 16번 서○○

가지 다 맞추어 세밀하게 보내주려 했지만 그렇게 어려웠아 개인이 고치는 것이 나을껏 같아
다음날 개인 수정시간을 가졌다. 선생님께서 그전에 손수 검토해 주셔서 수학적, 오류와 오타,
문맥의 오류를 한눈에 알수 있게 되어서 감사했다. 그리고 수학기호를 바꾸는 방식을 한식, 한식씩
했었는데 그게 한번에 할 수 있음도 알게 되었다. 내가 다 고쳤음에도 세번
정도 더 읽고 '나' 다음 '라운'이 것 또한 읽어 보았다. 나도 수정할곳이 꽤나 많이 발견되
수정을 해야 했다. 그리고 '라운'이 파트 선정할 곳도 표시해서 주었다. 그러나
라운이는 작권 때문에 오늘 수업이 어렵다고해 난 다시 받았다. 나도 책 공부할 시간, 짬짬이
을 다 빼고 남고 선생님께 묻고 하고 적어도 동아리 부장의 역할로 책임감 있는
모습을 보여주면 좋겠다. 우여곡절도 파란만이 다라고고 얼추 완성된 책의 모양을
갖추기 시작하니까 여러 노력들의 결실을 맺은것 같아 뿌듯했고 마지막 수정날 서을
드림프로젝트 프로그램으로 안해 핸드폰 밖에 없어 부족 수정이 꽤지 않아 선생님께
부탁드린 점이 미안했다. 여러번 남고 수정하고서 반복 이었지만 뒤에서 열심히 뒷받침
히 주신 선생님 덕에 여러 힘듦과 어려움도 꺾고 수학적 사고를 기를 수
있었던 뜻 깊은 '수학 하는 뇌' 동아리 시간이었다.

수학의 뇌 동아리 활동을 할 때 일단 내가 처음에 쓸려 했던 내용은 수학자들과 무한 즉 무한의 역사에 따른 사상의 발전이었다. 하지만 겹치는 내용이 많았고 아이들과 내용을 ■고 넣는 것을 맞추는 것이 어려웠다. 하지만 나는 동아리의 부장을 자원해서 부장이 되었고 이 쓴 소리를 듣고 그 상황전달과 다시 목차 정하기는 부장으로서 꼭 해야할 일들이었다. 그래서 목차는 다른 편집하는 아이들과 같이 정하였고 같이 물론 꾸중도 제일 먼저 들었다. 그리고 애들이 원고를 안 내 힘들어 하는 세희를 도와 주었지만 생각 보다는 부장 으로서 할 일이 부족하여 아쉬웠던 것 같다. 하지만 이 것으로 끝이 아니었다 나는 무한에 관한 지식이 너무 부족한 고등학교 1학년이었다. 그래서 무한에 대해 연구하고 쳐 보기는 했으나 너무 무한은 내게 멀게 다가왔고 선생님들은 내글이 이해되지 않는다고 하셨다. 그래서 나는 속상한 마음반 더 잘 쓰고 싶은 마음 반으로 다시 무한을 썼고 이번에 다시 정한 내가 쓸 무한의 주제는 직관에 대한 무한이었다. 무한은 가끔 직관으로는 풀수없다는 것을 직접 증명하고 상상하여야 했던 나는 재미있으면서도 남들을 이해 시켜야 한다는 것에 어려움을 겪었다. 나는 제논의 역설로 결국에는 다가갈수있을 것 같지만 못다가간다는 직관으로는 풀 수 없는 내용으로 이 수학 책을 썼고 또한 수열과 가우스의 무한급수를 이용하여 영원히 커질 것 같던 무한급수가 사실은 2보다 작은 상태로 영원히 존재한다는 것을 직관으로 풀 수 없는 무한으로 증명했다. 나는 끝까지 그 모든 시련에도 이 책을 결국에는 출판하게 되었다. 나는 이 책을 출판한후 유난히 엄했던 선생님들에 대해 생각해 보았다

이 엄함은 나를 위한 것일까 책을 위한 것일까 그리고 나는 결국은 우리 동아리를 위한 엄함이라는 것을 깨달았다. 그래서 이 모든 시련을 같이 겪은 선생님들이 오히려 화가나면서도 고마움도 함께 느껴지는 마음을 겪었다. 왜냐하면 처음에 동아리에 들어갈때는 이렇게 책 쓰기가 어려운 지 몰랐기 때문이다. 어쨌든 내가 한 활동은 결국 나에게는 인내심과 아픔에 끝에 느껴지는 달콤함을 맞볼 수 있는 순간이었다. 그래서 오히려 엄하게 대하여 나의 부족함과 의지를 키워주고 더욱더 성장해 책을 잘쓰게 한 부분에 대해서는 고마웠다 만약 다음에 이런 기회가 또 생기게 된다면 나는 할 수 있을까 생각해 보았다. 못 할 것 같다. 그래서 이 책은 내 인생에서 내가 처음으로 쓴 수학책이자 마지막으로 쓴 무한의 수학책이다. 그래서 내게는 지금 가장 큰 의미를 가지는 것 같다. 인내심의 산물 나와 선생님의 조급함과 상처의 산물 지식의 산물 결과물인 이 책이 말이다.그리고 이 책은 나에게 수학을 문제와 성적으로서가아닌 학문적으로 파고드는 방법을 가르쳐 주었고 나는 이가 가장 큰 선물 이었다고 생각한다. 이에 대해서는 알게해준 분들에게는 고맙다. 내가 고민하게 생각하게 해준 사람들에게 말이다.

10821 정라윤

김진하

처음 이 활동을 들어 갔을 때 나 수학 관련 한 강의 숙제나 수학과 관련한 토론 같은 것을 많이 할 줄 안았는데 막상 들어와 보니 내 예상과 다르게 책을 만드는 거라는 것을 듣고 실망을 하였었다. 왜냐면 내가 책 읽는 것을 싫어하고 책을 쓰는 기회 더 넓어 뜨리기 때문 이었다. 1학기 동안은 책쓰기가 아닌 수학 관련 책을 읽고 그 책에 대한 나의 생각을 친구들과 공유하는 기회 였었는데 이건 한 편은 내가 수학을 확하기 때문에 열심히 했다. 그렇게 1학기가 지나고 2학기 때에는 책 쓰기에 들어 갔는데 처음에는 부랑 친구랑 하면서 어떻게 해야될지 모르다가 결결 어떻게 해야 될지 감이 잡히는데 다시 딱나 주원 건데의 주제가 바꿔지면서 책 쓰기를 어떻게 해야될지 모르고 힘들어 하다가 결국 포기 했는데 선생님 께서 격려한다고 다시 한번 해보라고 하셔서 다시 책쓰기 를 했는데 되게 막막했다. 반쓰다가 다시 쓰려니 생각이 안나고 불량등 외우기도 되게 힘들 없게 때문나다. 그래도 이게 마리막 기회라 생각하고 꾹 참아 써서 냈다. 그리고 동아리 시간에 서 내가 한 복불등 고친 것을 고치고 내 마음의 느게 목도 정리하고 내 책이 느게 목을 정도 후 최종적으로 만들어진 책을 보니까 되게 후련했다. 그리고 다들 동아리 주원 들과 선생님들께 되게 감사 했다. 이 책을 보리 습있까 되게 안속하고 아쉬웠다. 이 동아리를 안들어주신 선생님 분들 그리고 내 동아리에서 같이 활동했던 주원들 그리고 이 동아리 를 들어 갈 수 있도록 해 준 친구 에게 감사하다.

처음에 동아리를 리로스쿨에서 고르라고 했을 때 수학 또는 과학 관련 동아리를 고르고 싶어서 보다가 사실은 게임 포커스를 하려고 했지만 인원이 꽉차 있어서 '수학하는 뇌'에 들어게 되어서 좋았다. 그 아무래도 거의 모르는 친구들이기 때문에 많이 서먹서먹했고 현재는 이 동아리를 계기로 두 명 정도 좋은 친구를 사귀게 된 것도 맞다. '수학하는 뇌' 가..... 나는 수학 심화 문제들을 모둠을 만들어서 서로 어렵을 맞대고 협동해서 푼다는 뜻과 관련된 것이라고 생각했는데 훨씬 더 심도 있고 깊은 활동인 '수학과 관련된 책 쓰기'였다. 평소에 책은 읽어별 줄만 알았지, 작가가 되어서 직접 써본다니. 다른 동아리에선 상항 못한 어려운 활동인 반면에 다르게 생각해서 이책을 정말 내용이 풍부하게 나의 생각이 많이 들어가고, 맞춤법도 정확하고, 예쁜 그림도 잘 들어가 있으면 훌륭한 작품이 되는 것이어서 짧은 기간에 최선을 해야하는 것이 맞지만 아무래도 선생님께 죄송스러운 마음도 있고 예서간이 지나서 '더 잘할수 있을 거 같은데, 라는 후회스러움이 제일 큰 것 같다.

학교에 다 같이 모인 날, 1학년들만 모인날, 모두 다 집에서 카카오톡으로 대화를 나눈 날, 어느날에는 불구하지 않고 예전에 '넘버' 책을 읽고 3분 쓰기, 생각 나누기를 했을 때 사실 그때는 회굴적으로 써본 다는 사실을 몰랐어서 하다가 '이런책이 나에게 필요해'라는 의문이 들 때도 있었지만 책을 시간을 1일씩 나누어 세 번씩 읽을때 그래도 집중하면서 읽고 '박병하 작가의 생각이 담긴 글에 대한 나의 생각을 알게 되었고, 좋았던 문장이나 생각, 느낀점을 적으면서 우리가 읽었던 마로써 '끝없는 세계, 무한' 에 관해 지식이 풍부해졌고 무한이라는 단어에 더욱 더 호기심이 생겼고 마지막으로 무한에 관한 한 책 쓰기까지 오게 되었다. 글 쓰기 전까지의 과정엔 '무한을 주제로 마인드맵 작성하기, 글쓸 주제 조사해 발표하기, 그리고 '박병하'작가님 강연 듣기' 객체의 많은 과정들이 필요했다. 그 중에서 '박병하' 작가 님의 강연을 들던 날, 책을 쓰기 위해 작가들이 많은 시간을 고생하고 노력하는 과정, 쓸 문배호위한 나의의 방법과 과정을 듣고 굉장히 놀랐다. 처음에 생각나는 단어,문장 상관없이 포스트 잇에 욱 쓰고 백붙한 것들 깨리 나열하고 해서 책의 목차를 쓰고 이제 순차에 맞게 나의 주관적 생각들이 잘 드러나게 쓴다. 다 써도 결코엔 끝난 것이 아니다. 두, 세번? 아니, 수십번 까지 내가 쓴 책은 수정하고 맞춤법도 올바르게 고치고 그렇게 해야지 한 권의 완 돌이 된다. 와냐하면 독자들이 호기심이 생겨야되고, 읽으면서 이상한 부분이 없어야 되고, 읽음으로써 깨닫은 것이 있어야 되게 마련이다. 단 두시간의 강의로 책을 쓰기위한 작가들의 고생, 무한에 관련된 수학적자료 나의 생각을 펼치는 법에 대해 배우게 되었다. 이 세상엔 수도 없이 많은 책들이 있는데 작가들이 그 책을 다 써봤다는게 '이 세상에 UFO가 있다' 라는 말 처럼 믿기지 않는다.

글을 쓰기 시작된 후, 20쪽을 쓰라고 하셨을 때 당연히 누구라도 같이 막막했다. 결국엔 절반정도 채웠지만..... 1하룻을 완성해야 했는데, 그 안에 왜 열심히 안하고 좀 지장아서 제대겐히 아나며 단행었다 '책을 쓰는 법을 잘 몰랐던 것도 있을까요?' 사실 그런 건 하나도 없었다. 그때 이윽고 김규리 선생님 한테, 보면서 잘못한 점을 꾸중 받고 앞으로 힘쓰어 더 성실한 모음을 보며드리리고 약속했다. 다시 목차도 정하고 역한 믿음도 하고 이제 다시 책을 쓰는 것이다. '무한의 탄생' 따위를 말아서 아무래도 나는 잘모르는 사실에 대하여 네이버,구글 등을 사용하고 싶었지만 그래도 나의 생각을 객관적사실에 맞도록 노력해 써었다 여기서 나는 내가 가지고 있는 사고방식이나 가치관들을 이용해서 글을 써나가면 그 글은 색다 내 글이 되고 '내 것을 남들에게 줄 수 있구나 라고' 생각이 들면서 흥미로움을 느꼈다.

학원 아케던 밤에 겹세와서 생각나는 부분의 글을 쓰고 시간이 촉박하다 싶으면 새벽에도 글을 썼었다. 솔직히 말하자면 다른 친구들과 서로 소통하면서 모르는 부분은 서로 묻고 그러라고 하셨는데, 그게 잘 이루어지지 않아 트러블도 생긴 것 같다. 다른 문제들도 많았는데 얘기하고 싶긴 않다. 그래도 나의 문제점은 시간을 잘 지키지 않는것, 가끔씩 예의가 없는것 등인데 이 동아리를 통해 다른 사람들에게 피해가 간다는 것을 더 더 느꼈고 정말로 이건 고쳐야겠다 생각이다.

다시 책 쇠개 넘어와서 나는 화려한 읽는 일들이 호기심을 느낄수 있도록 쓰고 맞춤법도 선생님도 그러면서 책을 썼어고 생각했는데 확인해보니 틀린부분도 많았고 좀 놀랐다. 그리고 하나의 주제를 가지고 20쪽을 쓴다고 생각했었는데 쓸수록 생각이 고갈되다보니 계속해서 다른 쓸만한 주제를 찾아보고 그랬던 내가 좀 한심했었다. 아직막으로 몇달이 안되는 시간동안 요든 분량을 다 채워지 못하는 친구들도 있었고 글 쓰는 실력도 부족했지만 하지만 잘 오는 친구들, 선생님들과 같이 하나의 책을 만든다고 고생을 한 것 같다. 그래도 다같이 하나의 글을 쓸때 서로 의견을 나누고 틀린 부분을 지적해 주어야 하고 나의 이야기를 생각을 튼튼하게 받혀서 독자들에게 그 마음이 전달되어야하는 것을 깨달음으로써 다들 한층 성장했다는 것은 확실하다.

저랑 같이 하는 활동이 많아서 제가 성실하지 않고 느리고부족한 점이 많은 것을 보여드리게 되어 고생을 많이 하셨지만 그래도 항상 웃어주시면서 저를도와주시던 우정이 선생님, 처음 본 사이 였지만 저를 믿고 이끌어주시고 마지막 날에도 '이런 부분은 이렇게해는게 좋겠다.'고 수정을 도와 주시고 맨날 저의 주시던 김규리 선생님, 직접 대면해서 알려준 부끄러워서 이 글로 말하겠습니다. 정말로 많이 도와주시고 많은 것을 배웠습니다. 한학기 동안 감사 했습니다.

수학책 '넘버스'를 읽고 3분 글쓰기를 할때 무한이라는주제에 서길 문을 만드는 활동을 했는데 제논의역설이라는 내용이있었는데 말도 안되는 내용이 나와 황당했다. 아킬레우스가 거북이와 달리기경주를 하면 당장은 이기겠지만 무한때[문]가면 거북이가 이길거라는 황당한내용을 보고 생각나누기 시간때에 제논의 역설 에관한 생각을 토론해 보았다.

토론해서 비슷한 의견을 수렴하며 4명씩 모둠을 만들어 무한을주제로하며 마인드맵을 그렸다. 의견이맞아서 그런가 쓴 내용이 많았었다.

그리고 난후 글쓸 주제를 정하는데 다들처음해봐서 그런가 주제를정하는데 오래걸렸다. (추석연휴가 끝난후)

10월7일에는 박병하작가님이 학교도서관 에서 강의를 하셨다. 그 때 PPt 내용을 바탕으로 글을 어떻게 써 나가야하는지 알수 있었다. 10/14 일에는 동아리가정한 주제 중하나인 고2 과정의수학적무한 에대한 주제가 내가 직접PPt를 제작하며 이주제로 책을어떻게 쓸것 인지 발표하는것이 이었는데 내 생애 처럼으로 떨지않고 자신감있게 발표한것은 처음이었고 선생님들께서 PPt를 잘 만들었다고 칭찬도해주셨다. 발표를한 후에는 남은기간이 2주쯤되었다. 2주전에 20쪽 이상을 채우라는 선생님들의 말씀 이 처음에는 어이없었다. 장르가 수학이 아닌 소설이 었다면 1주안에 다 했을텐데 장르가 수학이라 어떻게 할지 막막 하였다. 하지만 나는 포기 하지않고 받아들이면서 주제에 대해서 쉽게 설명하기위해 미적분을공부했다. 고1, 중3 내용도 설명해야 하며 그것도 복습 하였다.그렇게되어 책을 바빨리쓸수있었고 기적처럼 책 한 권이완성되었다. 이 동아리 시간이 나에게! 수학을공부할 수 있게 도와 주어서 기쁘게생각하고 이 동아리를 계기로 수학에 대한 흥미가 생겼고 무한에 대한 나의 생각이 변하게 되었다.

2-5 9번박건